Einaudi. Stile Libero Big

www.einaudi.it

ISBN 978-88-06-24146-9

Andrea Vitali
Documenti, prego

Einaudi

Documenti, prego

Uno

Lavoravo per una ditta che vendeva all'ingrosso ogni genere di consumo, ero appassionato di rock e vestivo quasi sempre di scuro. Da un paio di anni ero diventato responsabile del settore alimentare, una posizione in virtú della quale mi toccava sovente andare in giro. Era necessario per trovare nuovi clienti e concludere contratti vantaggiosi per la società e per me; in caso di successo mi spettava una percentuale. Non lo dico per vantarmi, ma me la cavavo abbastanza bene.

Ero entrato in azienda come semplice agente dopo una specie di concorso. Per prima cosa avevo compilato un questionario: che scuole avevo fatto, le mie ambizioni, gli sport che praticavo; avevo anche dovuto dichiarare le vaccinazioni. Poi avevo parlato con un tale, uno psicologo, forse. Ricordo che mi domandò quali fossero i miei autori preferiti. Quelli che non mi fanno perdere tempo per comprendere ciò che vogliono dire, risposi, quelli che non si sbrodolano addosso. L'incontro non durò piú di dieci minuti, venni assunto. La mia carriera cominciò cosí.

Un gradino dopo l'altro ero avanzato.

Riuscivo convincente e non tiravo mai fregature.

La mia casa aveva un pezzetto di giardino davanti, il garage su un lato. Ci abitavo con mia moglie e mio figlio. Una villetta fra le tante sorte, l'una accanto all'altra, su un terreno che una volta era periferia: una città satellite ormai, con sale cinematografiche, teatro, supermercati, campi di calcetto e tennis. Eravamo stati tra i primi a comprare in quella zona. Allora lí sopra il cielo era ancora azzurro. Poi, giorno dopo giorno, acquisí un colore grigio e non lo perse piú.

Quando ci stabilimmo nel quartiere si potevano vedere le stelle e le luci intermittenti degli aerei che passavano; a un certo punto cominciammo a sentirne solo il rumore.

Mio figlio mi chiedeva dove fossero diretti, e io immaginavo le destinazioni. C'erano nomi di località esotiche che lo facevano ridere. Adesso non ricordo, ma forse qualcuno lo inventavo.

Stavo tornando a casa.

Stavo tornando a casa dopo una trasferta di lavoro che mi aveva tenuto lontano un paio di giorni. Non era certo una novità. Ormai passavo piú tempo in ufficio, in alberghi, in viaggio che non in famiglia.

Era notte. Ero in macchina. Ero con altri due colleghi: uno, quello al volante, si occupava del settore arredamenti, l'altro di cartoleria e di tutto ciò che riguardava la scuola. Io ero seduto dietro. Ogni tanto mi facevo prendere dal sonno e appoggiavo la testa al finestrino. Nei momenti di veglia guardavo le luci che sfilavano ai bordi dell'autostrada: lampioni di strade secondarie, qualche rara finestra illuminata e molte insegne, perlopiú fabbriche di mattoni, laterizi, mobili. Oppure ditte di trasporti. Un panorama consueto. La carreggiata correva diritta, senza nemmeno una curva, il cielo era buio, compatto, fuso con le montagne lontane là dove la pianura terminava.

Il buio dei boschi è misterioso. È antico.

Gli alberi parlano.

Chi li ascolta è morto.

Nessuno apriva bocca da un po', dentro la macchina regnava la stanchezza.

Eravamo partiti allegri, addirittura entusiasti all'idea di lasciarci alle spalle due giorni di riunioni, chiacchiere, tira e molla su prezzi e sconti. Tutti avevamo concluso con soddisfazione. Via via che i chilometri si accumulavano le parole erano diminuite. Il tentativo di sentire la radio non aveva dato buoni frutti, non passavano che canzonette stupide. Terminato un radiogiornale che ci aveva fornito notizie vecchie e rassicurato sulla viabilità, decidemmo di spegnerla. Il guidatore ruppe il silenzio per dire che al primo autogrill si sarebbe fermato per fare scorta di sigarette e bere un caffè. Sarebbe servito per scacciare la stanchezza e allontanare il sonno per un po'.

Gli chiesi se volesse il cambio. Rifiutò. Disse che con un caffè in corpo sarebbe stato ben sveglio sino alla meta. L'altro, quello che stava seduto di fianco a lui, si scusò per non essersi proposto, ma era miope e di notte era meglio evitare.

Camion e autoarticolati sfrecciavano sicuri e padroni. Erano belli a vedersi, invincibili. Li guardavo venirci incontro sulla corsia opposta, oppure superarci, e non potevo fare a meno di pensare alle cuccette dietro i sedili, nelle quali i camionisti riposano o dormono durante le ore in cui, per legge, sono obbligati a rimanere fermi. Aveva qualcosa di consolatorio l'idea di un mondo circoscritto alla cabina di un camion. Chiudere la portiera sui rumori, ritirarsi in quell'ambiente raccolto. Una fantasia infantile. Mi piaceva.

Dal finestrino, abbassato di un paio di dita per cambiare l'aria, entrava odore di gomma bruciata. Ogni tanto c'erano sprazzi di nebbia, la terra che esalava il suo respiro. Vidi le luci di qualche trattore che lavorava nei campi. Per rimanere sveglio cominciai a contare le insegne monche, quelle a cui mancava una lettera. I camion, intanto, proseguivano a sfrecciarci accanto; il nostro autista manteneva una velocità moderata e costante. Mi addormentavo e mi ridestavo continuamente.

Il collega alla guida disse che all'autogrill mancava una decina di chilometri. Sulla destra sfilò uno stabilimento che produceva compressori. L'insegna, di un azzurro fantasmatico, recitava E LUS. La *o* di Eolus, il dio dei venti, era spenta. Otto chilometri, disse il nostro autista. Avevo gli occhi chiusi, ma non dormivo.

Pensavo a casa, al buio familiare che avrei trovato.

A quando tornavo di notte e prima di entrare facevo due passi nel giardino.

Da piccolo camminavo nei prati a piedi nudi, non riflettevo sul fatto che avrei potuto ferirmi. Rammento che mi narravano spesso una favola in cui un bambino veniva rapito dal sole nel momento in cui questo tramontava.

L'autogrill comparve in lontananza simile a una macchia d'oro nell'oscurità. Sfolgorava. Chissà se lí avremmo ritrovato la voglia di parlare.

– Un paio di chilometri, – comunicò il nostro autista.

Imboccò la deviazione a una velocità troppo elevata, frenò, chiese scusa. Ci voleva proprio un bel caffè. Parcheggiammo nello spiazzo riservato ai disabili. Me ne avvidi, ma non dissi niente, c'erano un sacco di posti liberi a quell'ora. Scendemmo ed entrammo nel locale. La luce violenta dell'interno fece portare a tutti e tre una mano sulla fronte, come militari che salutano. Si avvertiva un intenso, quasi nauseante odore di brioche. C'erano due bariste. Una era ferma dietro la cassa, appoggiata alla macchina per il caffè, lo sguardo nel vuoto, l'altra sistemava dei panini. Entrambe vestivano la divisa della catena, bianca e azzurra; il berretto era a forma di bustina. Sembravano carine come tutte le donne a quell'ora di notte.

Donne pronte per qualunque tipo di uomo.

– Caffè per tutti? – chiese il miope.

Stavo guardando fuori mentre risposi sí. Scorsi la macchina entrare nell'area di sosta, parcheggiare dietro la nostra. Era nera e aveva fari alogeni. Fastidiosi come la luce dell'autogrill. Ne uscirono due uomini.

Erano due.

Continuavo a guardarli. Non mi sfuggí che uno scese da dietro, come le persone importanti.

Quello che probabilmente faceva l'autista era alto, in giacca e cravatta; il passeggero era piú piccolo, indossava un cappotto e portava una specie di coppola. Aveva le spalle cadenti, un fisico a bottiglia.

Il presunto autista aprí la porta mentre ci stavano servendo i caffè; il mio non sarei riuscito a consumarlo. Poi si scostò di lato, fece entrare il passeggero e restò all'esterno.

Fu allora che notai i baffetti, quando il labbro dell'uomo con la coppola si mosse per chiedere di chi fosse la macchina dietro la quale avevano parcheggiato.

Risposi io perché i miei colleghi stavano bevendo.

– Il disabile chi è? – domandò il baffetto.

La voce del baffetto ha un timbro ineffabile. Sono sicuro che parla con la stessa intonazione la mattina appena sveglio e nel cuore della notte. È un uomo che non patisce stanchezze, è sicuro di sé, anche se non ama darlo a vedere.

Lo sa lui, e tanto gli basta. Ha un aspetto comune, si sarebbe indotti a sottovalutarlo. Molti dei miei clienti erano cosí, ma non ho mai commesso l'errore di crederli fessi o ingenui. Anzi, erano persone che mi mettevano soggezione, talvolta paura.

La barista gli girava le spalle. Il mio caffè aspettava di essere bevuto. I pochi avventori ai tavolini, camionisti che attendevano la fine del turno di riposo obbligatorio, non fecero una piega, non girarono nemmeno il capo, sebbene la domanda del baffetto fosse stata pronunciata a voce alta. L'autista continuava a stare fuori della porta. Il baffetto invece, in attesa della risposta, avanzò di due passi all'interno e si fermò. Accanto a lui c'era lo scaffale dei libri, quelli del momento, scontati.

Fui ancora io a rispondere, a disagio.

– Nessuno, – dissi con un mezzo sorriso che suonava già come scusa.

Il baffetto lasciò trascorrere qualche secondo. Si passò una mano sul mento, chiuse e riaprí gli occhi.

Io ammisi che non era un comportamento corretto parcheggiare in quello spazio, ma vista l'ora, vista l'enorme disponibilità di posti, non ci avevamo fatto caso e comunque, conclusi, ce ne saremmo andati subito.

Il baffetto accennò di aver capito, sembrò accettare la mia spiegazione.

Il suo viso si rilassa, dalla sua bocca esce un soffio.

Mi viene la tentazione di chiedergli se posso offrirgli un caffè.

– Documenti, prego, – disse invece.

Mentre cercavo il documento di identità notai che la barista beveva il mio caffè. Senza zucchero.

E che aveva un trucco pesante. La immaginai condannata a quei turni di notte, divorziata, con un appartamento sempre freddo e senza poltrone. La immaginai pronunciare parole inutili per rompere l'estenuante silenzio delle stanze, aprire le finestre per far uscire la nuvola di fumo stantio, nutrirsi di pizza o degli orribili panini dell'autogrill che ovviamente non pagava, rinunciare un giorno dopo l'altro a spolverare.

La immaginai ballare da sola nelle lunghe ore di un sabato sera.

La immaginai bambina che usciva dall'asilo, o che guardava il mondo da una finestra durante un pomeriggio estivo.

Intanto i miei due compagni di viaggio avevano esibito i loro documenti. Il baffetto li aveva guardati con attenzione e restituiti.

Gli tesi il mio, era un po' gualcito.

Pronunciai qualche parola di imbarazzo per le sue condizioni.

Il baffetto disse che ne aveva visti conciati peggio.

– Ma in corso di validità, – aggiunse.

– Cioè?

Il baffetto mi guardò. Intendeva che il mio era scaduto. Piú o meno da sei mesi. Forse non me n'ero accorto. Poi se lo mise in tasca.

– Venga con me, – disse infine.

Non è solo la voce del baffetto a non avere né tempo né sostanza. È il mondo stesso con tutto ciò che contiene. Quell'ora notturna all'autogrill. I camionisti, le loro schiene piegate su tazze di caffè ormai freddo, il loro silenzio, i chilometri che li aspettano. I loro automezzi silenziosi, enormi, bui. I miei due compagni di viaggio, che hanno sentito tutto, che hanno visto il baffetto infilarsi in tasca il mio documento scaduto, che adesso mi guardano come se non mi conoscessero.

È un mondo dentro il quale sento l'inutilità della stanchezza per ciò che ho fatto; la bellezza è un'illusione della luce, la notte vince la sua partita con il giorno.

Anche la barista truccata fa parte di quella specie di fotogramma.

Fu proprio lei a rimettere in moto l'azione, salutando educatamente due tizi che, appena entrati, si erano diretti verso la vetrina dei panini e avevano cominciato a indicarli e a pronunciarne il nome ad alta voce, ridendo. Ne scelsero due dello stesso tipo. La barista chiese se volevano che li scaldasse, quelli replicarono che li preferivano freddi.

Il baffetto, intanto, aveva appena finito di dirmi che dovevo andare con lui.

– Perché? – chiesi.

La sua risposta fu laconica. Doveva aver ripetuto quella frase centinaia di volte, nella voce si coglieva una nota di abitudine.

– Un semplice controllo.

L'aggettivo mi rimbombò nell'orecchio. Deglutii, avevo la bocca secca.

Un semplice controllo.

Mi figurai che il baffetto fosse un chirurgo, che con quel tono intendesse comunicare che si trattava di una banale operazione, di un piccolo colpo di coltello sulla mia carne.

Prima tagliare, poi andare a vedere. Sporcarsi le mani di sangue. Cercare la semplicità della malattia, condurre una vita semplice, nutrirsi di cose semplici, accontentarsi di quello che abbiamo o di quello che siamo.

La semplicità.

Una parola, un'idea, un concetto che persero immediatamente significato.

Anche il trucco della barista perse la sua semplicità, i suoi occhi divennero due buchi.

Anche il buio che c'era oltre le vetrine dell'autogrill, cosí confortevole fino a poco prima, quando sapeva di sonno, di riposo meritato. Diventò un buio senza padroni. Un buio dentro il quale i cani abbaiavano spaventati ai rumori. Attraversato da treni che trasportavano ignoti viaggiatori. In compagnia del quale alcuni morivano nel sonno. Un buio dove si poteva sparire senza lasciare traccia. Immaginai le mie impronte sui campi sconfinati che ci circondavano, in attesa di essere seminati. Non avevano una direzione. La terra non finiva mai. I piedi affondavano.

Mi dissi che dovevo smetterla con la fantasia. Lasciar perdere la barista e la sua vita di merda, le impronte di uno che cammina alla cieca. L'odore di brioche mi sembrò ancora piú sgradevole, un afrore di disfacimento organico, come se nell'autogrill stesse marcendo tutto.

– Andiamo, – disse il baffetto.

Dovette ripeterlo una seconda volta prima che lo udissi davvero.

Allora ritrovai la parola.

– Dove? – chiesi.

La risposta non arrivò. Nemmeno me l'aspettavo.

La barista truccata intanto, dopo aver servito i panini, s'era avvicinata alla sua collega e s'era appoggiata anche lei alla macchina del caffè. Era in condizioni di luce migliori; pensai che forse il suo non era trucco, occhiaie piuttosto. Mi guardava con un'espressione ovvia, come volesse dirmi che dovevo sapere che prima o poi sarebbe arrivato un momento cosí. Un autogrill di notte, l'odore di brioche riscaldate, un baffetto che mi mette la mano su un braccio per dirmi «Venga con me», uno dei miei compagni di viaggio che mi ricorda di recuperare dalla macchina la borsa con i documenti di lavoro, il baffetto che segue con attenzione tutti i miei gesti, io che chiedo come farò per tornare a casa, il baffetto che mi dice che non me ne devo preoccupare.

– Quando sarà il momento ci penseremo noi.

Io che infine chiedo se sono in stato di arresto e il baffetto che mi risponde.

Il suo viso ha un pallore da ufficio. Gli scorgo intorno un alone polveroso, sento un profumo di vecchi faldoni dimenticati. Quel viso sarebbe perfetto per una fotografia da tenere appesa al muro, dietro una scrivania. Una foto da guardare fissamente per cercare risposte alle domande.

– No, – dice come se si rivolgesse a un bambino, me l'ha già spiegato. – È un semplice controllo.

L'autista aprí la porta dell'autogrill e fu sulla soglia di quello spazio tra la luce dell'interno e il buio di fuori che chiesi di nuovo dove stavamo andando.

Il baffetto rispose: – Andiamo.

Ma parlava con l'autista.

Le schiene dei miei compagni di viaggio furono la penultima immagine che registrai prima di salire in macchina col baffetto. L'ultima fu la faccia sorridente dell'altra barista che, dal momento in cui eravamo entrati, non si era mai mossa dalla sua posizione, appoggiata alla macchina del caffè. Fui certo che uno dei miei due colleghi le aveva appena raccontato una barzelletta. Entrambi ne avevano una discreta riserva, ma avrei scommesso sul miope. Durante le cene di lavoro era capace di andare avanti per delle mezz'ore. Era molto apprezzato per questo dalla dirigenza, ma soprattutto dai clienti che, dopo le estenuanti trattative, se lo contendevano al tavolo delle cene per farsi intrattenere.

Quando il miope si esibisce non guarda in faccia nessuno, forse pensa a sua moglie morta suicida qualche anno prima. La miopia lo protegge dai giudizi e dalla curiosità altrui. Sua moglie si è gettata in un fiume, imbottita di farmaci. Il giorno del funerale c'era il sole. Lui, il vedovo, aveva in viso una smorfia strana e sembrava sorridere. Nonostante avessi ascoltato le sue storielle decine di volte, non mi era mai riuscito di memorizzarle. Se tentavo di recitarne una a mia moglie, lei diceva subito che tanto non sarei riuscito ad arrivare in fondo.

Mia moglie dice che non devo avventurarmi nel campo delle barzellette.

Mio figlio ripete quelle che impara a scuola. Non fanno ridere nessuno. Mia moglie e io ridiamo, però. Fingere mi mette tristezza, non avrei mai dovuto farlo. Avrei dovuto dire a mio figlio che se una barzelletta non fa ridere, non fa ridere e basta. Avrei dovuto essere sincero a ogni costo, invece l'avevo ingannato.

Avrei preferito allontanarmi con in testa un'immagine piú rassicurante, familiare; sarebbe bastata la faccia di uno dei miei due colleghi, ma non ci fu tempo. La barista rise di nuovo. Fuori il rombo dei camion che scaldavano i motori prima di rimettersi in marcia copriva ogni altro rumore. Dovetti salire in macchina.

Mi avvolse un odore di pelle.

– Salga, – aveva detto il baffetto.

Mi venne in mente che poteva essere una volpe travestita da uomo. Una volpe parlante.

– Dia pure a me la borsa, – aggiunse subito dopo.

Sotto i miei vestiti da uomo che bestia poteva nascondersi?

Stringevo il manico della borsa come a volte stringevo la mano di mia moglie o di mio figlio. Facevo male, dicevano.

Obiettai che dentro c'erano cose mie, cose di lavoro.

Ribatté che potevo fidarmi.
– Non andrà perso nulla.

Quando disse «nulla» i suoi occhi brillarono.
Poi ordinò all'autista di partire.
Mi impressi bene nella memoria la targa della macchina sulla quale avevo viaggiato sino a poco prima; era un mezzo della ditta.
EC 348 WZW.
Una targa di macchina può diventare un ricordo doloroso.
Se il miope aveva attaccato la solita manfrina, i miei due colleghi erano sicuramente ancora fermi all'autogrill, mentre noi viaggiavamo da qualche minuto nel traffico che si stava movimentando.
Un paio di quelle barzellette mi tornarono in mente dall'inizio alla fine, con le pause giuste, quelle che usava il miope per creare l'attesa. Già in altre occasioni mi era capitato quel fenomeno: le avevo chiare in testa, ma appena cominciavo a raccontarle mi ingarbugliavo con le parole.
Ebbi la tentazione di provarci ancora, per violare il mutismo che regnava dentro l'automobile. Rinunciai, costringendomi ad ascoltare quel silenzio che non era assoluto.
Mancavano parole, non c'era dialogo.
Però c'era la voce della macchina: il cambio automatico, il canterellare sommesso del suo motore.
L'autista ogni tanto sbottava in brevi colpi di tosse.
Il baffetto respirava rumorosamente dal naso.
Ero seduto di fianco a lui.
Sbirciavo oltre la testa e le spalle massicce dell'au-

tista, ma non vedevo bene. L'esperienza dei tanti viaggi mi fece calcolare che avevamo percorso all'incirca una ventina di chilometri quando il ticchettio della freccia mi informò che stavamo imboccando uno svincolo.

Arrivammo al casello.

Pagamento con Telepass.

La barriera si alzò, il segnale acustico, un agire semplice, programmato, senza bisogno di parole, i fari gialli poi la strada nera.

Immagini e rumori familiari.

Avevo anch'io il Telepass, ma non lo usavo mai quando in macchina con me c'era mio figlio.

Mio figlio si divertiva molto a sentire la voce senza corpo che dava istruzioni e ringraziava. La prima volta aveva creduto che fosse un gioco, uno scherzo messo in scena apposta per lui.

Per anni era stato convinto che davvero in quella scatola di metallo ci fosse una donna in carne e ossa. Poi, un giorno, aveva chiesto di vederla. Eravamo soli in macchina io e lui. Aveva detto che quella era la voce di sua madre. Aveva chiesto perché sua madre fosse lí dentro, aveva chiesto di liberarla, aveva pianto finché non eravamo tornati a casa. Gli avevamo spiegato come stavano le cose e lui aveva chiesto come mai una persona può parlare senza esserci.

A una rotonda l'autista prese la prima uscita. Il fondo era sconnesso, non c'era illuminazione. La linea di mezzeria era appena visibile, a tratti assente. Ai lati c'erano campi. Qualche rara luce di case in lontananza. L'autista stava saldamente a cavallo delle due corsie, temeva i fossi. Si intuivano sagome di alberi. Ogni tanto i tralicci della linea elettrica. Viaggiammo cosí per un quarto d'ora circa. Mi era difficile mantenere il senso del tempo. Inoltre non avevo orologi, non li ho mai portati. Comunque non piú di un quarto d'ora, venti minuti al massimo. Poi l'autista emise un colpo di tosse piú forte degli altri e parlò. Le prime parole da quando ero salito su quella macchina.

Disse che pensava di aver sbagliato strada. Il baffetto non fece commenti. Forse, riprese l'autista, alla rotonda l'uscita giusta era la seconda. Era strano, pensai, che su una macchina del genere non ci fosse un navigatore satellitare. Adesso, continuò l'autista, c'erano due alternative: tornare indietro oppure seguire quella strada allungando un po'. Disse che comunque non saremmo arrivati con molto ritardo.

Il baffetto replicò di andare avanti. Il ritardo non lo preoccupava.

Sentire le loro voci mi rianimò. Anch'io parlai. Chiusi gli occhi, immaginai di essere nel garage di casa. Dissi al baffetto che mia moglie sarebbe stata in pensiero non vedendomi: prima di partire le avevo telefonato dandole un approssimativo orario di arrivo.

Il baffetto mi rispose.

– Ogni cosa a suo tempo, – disse.

L'autista aveva accelerato, la strada si era fatta piú larga, c'era qualche lampione, la visibilità era decisamente migliore. Non c'era niente che mi lasciasse indovinare dove fossimo e tanto meno dove stessimo andando.

Lo chiesi al baffetto.

– Glielo ripeto, si tratta di un semplice controllo, – rispose, poi reclinò il capo e sembrò addormentarsi. Mi venne il dubbio che tutto ciò non fosse altro che una specie di trucco per disorientarmi, in modo che non potessi descrivere a nessuno il tragitto di quella notte.

Potevano bendarmi. Ma la vertigine di un viaggio notturno lungo strade sconosciute è peggio di qualunque cecità.

I primi tempi, dopo che mi fu chiaro quello che mi era capitato, covai un dubbio col quale mi coccolai per un po': sentivo, o meglio speravo che prima o poi tutto sarebbe finito. A un certo punto quel dubbio si ribellò per diventare l'esatto contrario, una certezza, quella che niente sarebbe mai finito. Una convinzione che mise muscoli giorno dopo giorno. E prese le fattezze di mio figlio. Al mattino era ancora fragile, come se avesse la pressione bassa o non avesse dormito abbastanza. Verso sera, quando un altro giorno era passato, un giorno in meno verso un altro giorno in meno, veniva sempre a raccontarmi la sua storia. La trama era semplice: da questa stanza quattro metri per quattro (non è una prigione) non sarei mai piú uscito. Lo vedevo che mi parlava, mio figlio, che mi diceva queste cose. Davanti a me, le mani dietro la schiena come quando mi aveva recitato a memoria i voti della prima pagella.

Ne ho imitato la voce per dare un suono alla sua bocca vuota mentre me la figuravo.

Ma forse è presto per raccontare questo, meglio non anticipare i tempi.

Sí, il baffetto si era proprio addormentato. Non faceva piú rumori col naso. Emetteva solo un lieve sibilo dalla bocca. La borsa coi miei documenti di lavoro era ai suoi piedi. Sapevo di avere degli appuntamenti per il giorno successivo, ma non ricordavo piú con chi, a che ora, quanti. Per la verità la cosa non mi interessava neppure, perlomeno non in quel momento. Però erano punti fermi della mia vita programmata. Volevo pensare al giorno seguente come a un altro giorno simile a tanti. Data, luogo, ora dell'appuntamento. Una vita di lavoro intenso nel corso della quale poteva capitare di lasciar scadere un documento. Dovevo dare un'occhiata all'agenda per dimenticare quel viaggio verso una meta che non conoscevo, celare l'ignoto che si prospettava dietro le certezze dell'indomani. La confortante banalità di una vita normale.

Mi chinai verso la borsa. Nel momento in cui stavo per afferrarla la voce del baffetto mi bloccò.

Disse: – La lasci stare.

Restai per un momento in quella posizione, la schiena piegata. Il baffetto aveva ripreso a respirare rumorosamente col naso.

Disse che adesso avevo altro a cui pensare.

– Le verrà restituito tutto, dopo, – aggiunse.

Quando disse «dopo» mi risollevai e mi sembrò che ogni cosa fosse cambiata.

Illuminato dalle luci gialle delle gallerie, il mondo fa paura. Le gallerie stesse sono una paura che non cessa mai. Le gallerie sono infinite. Trattengono le voci, moltiplicano l'eco dei motori, nascondono le croci degli uomini che sono morti per scavarle. Il giallo è un colore malato. Dipinge a volte la nostra pelle e i campi arsi dalla siccità. Il giallo è un colore tossico. Forse l'uomo ha imparato dai vermi a scavare gallerie.

Nonostante i finestrini della macchina fossero chiusi, l'aria si impregnò dell'odore dei gas di scarico.

Eravamo in un tunnel. Poche vetture sulla corsia opposta, uguali alla nostra.

L'autista disse: – Cinque minuti e ci siamo.

Poi guardò nello specchietto per ottenere la silenziosa approvazione del baffetto.

Il mondo buio che avevo avuto sotto gli occhi sino a poco prima, con le sagome degli alberi, i tralicci della linea elettrica, i campi sconfinati cominciò a svanire; ne perdevo la memoria.

Svaní anche la strada per tornare a casa mia. Pensai che ormai poteva essere l'alba. Non sapevo che ore fossero, calcolai cosí, a spanne.

Cinque minuti, aveva detto l'autista. Dentro una galleria. Tanto bastava per perdere completamente il senso del tempo.

– Bene, – disse il baffetto.

Ma dopo un po'.

Quindi si stiracchiò.

Emise un verso: quello di chi è stanco però sa che lo aspetta ancora del lavoro da fare. Si ricompose sul sedile. Ricominciò a fischiare dal naso.

La macchina filava tranquilla nel giallo del tunnel.

Non è facile spiegarsi la felicità, come e da cosa nasce.

Ero felice dopo aver concluso i miei contratti, ero felice quando partimmo per il viaggio di ritorno. Due cose importanti.

La felicità mi coglieva improvvisa la sera quando entravo in casa e, quasi fosse un rito, chiedevo cosa avremmo mangiato. Mia moglie ribatteva che non potevo sempre pensare a mangiare. Io le davo una pacca sul sedere. Mio figlio diceva «Ma dài, papà!» e io tentavo di darne una anche a lui, senza riuscirci.

Ebbi un breve istante di felicità quando l'auto si fermò in un parcheggio.

In questa stanza quattro per quattro non è facile mantenere fede a un pensiero solo. I pensieri si interrompono, uno aggredisce l'altro e ne viene fuori una confusione inestricabile. Parrebbe piú giusto il contrario, l'isolamento dovrebbe favorire la concentrazione. Io però ho sempre prediletto l'aria aperta per riflettere, schiarirmi le idee.

Comunque sono certo che ebbi un brevissimo istante di felicità quando l'auto si fermò in un parcheggio sotterraneo. Forse mi ricordai di una delle rare volte in cui avevo accompagnato mia moglie in un grande magazzino. Ma non ne sono sicuro, anche i ricordi, come i pensieri, svaniscono o si confondono.

Vidi delle auto, ferme, vuote. Il cuore mi si riempí di gioia. Benché ferme e vuote, erano la prova di altri autisti, di altri passeggeri.

Durante il viaggio avevo cominciato a pensare che il mondo si fosse ridotto a me, al baffetto e all'autista.

Invece c'erano altre macchine, benché ferme e vuote.

Fu il baffetto a interrompere il breve istante di felicità dicendo: – Andiamo, – senza che sembrasse un ordine e indicandomi la strada verso un cilindro di cemento che con tutta evidenza ospitava un ascensore. Li avevo sempre evitati, quando possibile.

Una volta dentro ebbi la sensazione di essere chiuso in una bara, vivo. Bastarono pochi secondi perché la fronte mi si imperlasse di sudore. Al baffetto non sfuggí.

– Cosa teme? – chiese.

Forse era la prima domanda dell'interrogatorio che sarebbe seguito.

– Gli ascensori, – risposi.

Una risposta stupida, anche se vera. Il baffetto accennò con la testa, sorrise appena.

– Le gallerie no? – disse.

Ma sembrava parlare con sé stesso. Non replicai. Mi asciugai la fronte.

Quando l'ascensore si fermò il display lampeggiava sulla T. Piano terra. Quindi il parcheggio, la macchina sulla quale avevo viaggiato, le altre macchine che mi avevano regalato un breve istante di felicità erano sepolte, lontane dalla superficie della terra.

Il baffetto disse: – Prego.

Uscimmo, lui davanti, io in mezzo, dietro l'autista, che sparí senza che me ne accorgessi.

L'autista sparí, forse comandato ad altri servizi. Piú probabilmente aveva concluso il suo turno. Ormai doveva essere l'alba, fuori. Cercai un orologio a muro, non ce n'erano. Avrei potuto chiedere al baffetto che ore fossero. Non lo feci. Temevo una delle sue laconiche risposte: a tempo debito; dopo; ogni cosa a suo tempo eccetera. Giungemmo in una stanza illuminata da neon.

È la luce piú falsa che ci sia. Ti fa pallido anche se non lo sei. O verde.

Il baffetto si avvicinò a un banco.

Silenzioso, ossequioso della procedura, attese la domanda.

Gliela fece una specie di porco in forma umana. Nessun vestito poteva nascondere l'animale che era. Ne aveva le narici.

– Arresto? – chiese.

– Semplice controllo, – chiarí il baffetto.

Il porco prese in consegna la mia borsa e il documento. Quindi fece un cenno con la testa, indicando una direzione.

– Mi segua, – disse il baffetto.

Il corridoio lungo il quale lo seguo ha un odore di carta. Ne ha anche il sapore, lo avverto in bocca.

Sembra il corridoio della mia scuola d'infanzia. Lungo, con le pareti dipinte sino a mezza altezza di un azzurro tenue. L'odore di carta mi riporta alla memoria una libreria, una biblioteca, l'archivio di un ufficio dove sono stato per consultare qualcosa. I passi del baffetto producono un'eco, i miei non sanno dove stanno andando. I miei passi hanno sempre avuto un incedere stanco. In quel corridoio cammino come se fossi ubriaco, la pianta del destro ben larga rispetto al sinistro. Ai miei fianchi le porte chiuse di uffici intestati, le targhette sulla porta. Chi ci lavora, probabilmente, adesso dorme. Davanti a me il baffetto rallenta. Rallento anch'io. Si ferma, io subito dopo. C'è una porta.

– Entri, – dice.

– Aspetterà qui, – aggiunge poi.

La porta è laccata.

Sfregiata da qualche scritta, scrostata in piú punti.

La apre il baffetto.

Dà su un ambiente che è banale, ma inevitabile, definire squallido. Ci sono panche lungo le pareti. Ci sono individui in evidente atteggiamento di attesa. Ciascuno sta seduto lontano dall'altro. Nessuno vuole contatti. Guardo anch'io dove posso sedere a distanza da chiunque. Il baffetto mi tocca appena sulla spalla, mi spinge a muovermi. Faccio due passi, mi fermo di nuovo, il baffetto raggiunge il centro della stanza, parla.

Recitò una specie di formula, qualcosa che doveva essere scritto su un regolamento, qualcosa che per legge doveva essere obbligato a dire. Lo fece col tono di voce di chi ripete le stesse cose per l'ennesima volta. Istruzioni per il nuovo arrivato, per me.

Che non ero in stato di arresto. Che ero lí per un semplice controllo. Che una volta effettuati i riscontri necessari mi avrebbero fatto sapere. Che si aspettavano da me la massima collaborazione. Che potevo uscire solo per i miei bisogni, bussando prima, poi aspettando che uno del personale venisse per accompagnarmi. Che la porta doveva restare sempre chiusa.

La chiuse lui uscendo.

Avvertii la puzza di sudore che galleggiava nell'aria. Non era solo dovuta ai presenti. Era anche sudore di gente passata. Nessuno parlava con nessuno. Stavano tutti ad aspettare. Mi sedetti in un posto d'angolo. Diedi uno sguardo alla stanza. Incrociai le dita delle mani.

La luce, pensai.

Chissà se a un certo punto l'avrebbero spenta.

Poco dopo mi accorsi che non c'erano finestre.

Cercai di ripescare nella memoria gli alberi che avevo visto poco prima, i campi sconfinati, le impronte anonime stampate sulla terra nera. Ma era come se certe immagini fossero rimaste fuori e non potessero entrare in quella stanza senza finestre.

Smisi di pensare quando uno fu chiamato.

Fu chiamato gentilmente. Nome Cognome. Non li ricordo.

– Venga con me, – disse un tizio.

Non era il baffetto.

Non era il baffetto. Provai delusione. In qualche maniera mi ero affezionato alla sua figura. Ebbi il timore di non vederlo mai piú. Dentro di me avevo concepito l'illusione che fosse una brava persona, che potesse addirittura aiutarmi. Non era lui. Era un altro.

Era un altro. Non feci nemmeno in tempo a memorizzarne la figura, se fosse alto o basso, magro, se avesse anche lui i baffetti.

Nome Cognome mi segua, disse. Il chiamato si alzò, lo seguí e la porta si richiuse. Cominciai a sudare. Il mio sudore aggiunto a quello di altri, di chissà chi. Cominciai ad avvertire la mancanza di aria. La porta doveva restare chiusa. Non pensai subito a contare quanti fossimo nella stanza. Lo feci solo dopo che venne chiamato quello che stava nell'angolo opposto al mio.

Anche lui gentilmente. Nome Cognome mi segua.

Dopo il mio non ci furono altri ingressi. La notte di lavoro del baffetto e del suo autista era finita. Eravamo in sette, otto con me. Chissà perché pensavo che quei semplici controlli avvenissero solo di notte. È un'idea alla quale nemmeno adesso riesco a dare una spiegazione.

Sei, sette con me, quando ne venne chiamato un altro.

Ogni tanto uno dei presenti muoveva la testa di lato. Non era per guardare, di questo sono sicuro. Erano movimenti e basta. Muscoli che volevano muoversi. A un certo punto sorse il dubbio che a qualcuno di loro fosse già capitato di trovarsi in una situazione analoga. Potevo chiedere qualche informazione, cercare di capire. La domanda non mi salí alle labbra, non mi vennero le parole. Ma sono convinto che, se anche avessi parlato, nessuno mi avrebbe risposto. L'angolo davanti a me era vuoto. Non avevano portato piú nessuno.

Cinque, sei con me.

Contavo cosí, gli altri piú me.

Gli altri avevano un aspetto desolato. Mal vestiti, disordinati, le barbe non rasate da giorni. C'era da scommettere che non avessero un lavoro fisso, una casa. Io ero un uomo che in quel giorno, il giorno che stava per cominciare, aveva degli appuntamenti ben precisi, importanti. Sapevo tutto di me, potevo raccontare ogni cosa. Avevo una casa. Sapevo qual era e sapevo la strada per arrivarci. Sapevo che mia moglie si rosicchiava le unghie. Cominciai a farlo anch'io. Ricordando quante volte glielo avevo rimproverato, ricordandolo mentre la porta si apriva.

Gentilmente un altro venne chiamato.

Quattro, cinque con me.

Sapevo a memoria il numero del mio conto corrente, quello della carta di credito, i numeri di telefono dei clienti piú grossi, quello del direttore generale della mia ditta, i numeri di targa della mia macchina e di quella di mia moglie. Sapevo parlare correttamente tre lingue straniere. Mi mancava l'aria. Lo dissi a me stesso in inglese, francese e tedesco.

Chissà come mai, adesso, in questa stanza quattro per quattro, l'aria non mi manca come mi mancava allora.

Mi mancava sempre di piú man mano che gli altri venivano gentilmente chiamati, trasferiti altrove. Anziché lasciare ossigeno a disposizione, sembrava che se lo portassero via. Forse erano ladri.

Io no, lo posso giurare. Mai rubato niente a nessuno. Posso giurarlo. Non basta.

Giuro davanti al muro, recitava una filastrocca. È quello che faccio tuttora. Davanti al muro della mia stanza. Poi rido perché non mi risponde.

La panca sotto i miei occhi era vuota.

Tre, quattro con me.

Il muro di fronte a me era coperto di scritte e graffiti sconci. Unghie che si erano consumate per lasciare un messaggio. C'era una casa, però, che sembrava disegnata da un bambino. Che da quella stanza potessero essere passati dei bambini mi lasciò perplesso. Pensai a mio figlio in una simile condizione. Eppure la casa aveva un filo di fumo che usciva dal camino, c'era l'albero davanti e c'era il sole che sorgeva dalle montagne alle sue spalle. Il disegno di un bambino. Forse di un disabile. Con la macchina della ditta, poche ore prima, all'autogrill, ne avevamo occupato il posto riservato. Forse ero seduto proprio dove s'era seduto lui. Il pensiero si interruppe quando ne chiamarono un altro. Avevo sperato che fosse il mio turno. Ma ero entrato per ultimo, nessuno dopo di me.

Due, tre con me.

Notai che, involontariamente, avevo assunto la postura di quelli che erano lí. Come fosse una regola. Mani tra le gambe, testa bassa. Occhi al pavimento. Aspettavo l'invito gentile.

Nome Cognome mi segua.

Nome Cognome non ero io.

Uno, due con me.

Sapevo che l'invito gentile, il penultimo, avrebbe riguardato l'altro, l'ultimo prima di me.

Ero anche convinto che all'apertura della porta, oltre all'invito gentile, sarebbe entrata una lama di luce.

Luce di alba, di giorno che nasce.

L'invito gentile arrivò, arrivò anche una striscia di luce innaturale. L'altro si alzò, obbedí, restai solo.

Uno, io.

Molte volte mi sono immaginato penzolare da una corda, impiccato. «Impiccamento», secondo il lessico della medicina legale. Nessuna sentenza mi condanna a tale fine. Lo faccio di mia spontanea volontà. Tolgo il disturbo. Se mi avessero dato una corda a quell'ora, in quella stanza, la tentazione di farlo sarebbe stata forte. Ma la vita è grottesca.

Anziché di appendermi a una corda, cominciai ad avvertire l'impellente bisogno di pisciare.

Il baffetto aveva detto che per i bisogni potevamo uscire: prima bussare, poi attendere uno del personale.

«Potevamo», aveva parlato al plurale.

Dissi a quelli che erano stati nella stanza che andavo a pisciare. Ovviamente non mi rispose nessuno, visto che ero solo.

Mi alzai, bussai, attesi che uno del personale venisse a prendermi, dopodiché uscii, io davanti, lui dietro.

Non c'era la luce dell'alba in corridoio, piuttosto i rumori del faticoso inizio di una giornata di lavoro.

Odore di caffè schifoso.

E un anonimo andirivieni di persone che non si curavano minimamente di me e di quello del personale che mi accompagnava.

Nel corridoio c'è un concerto di passi, c'è il colore bianco delle camicie, ci sono sguardi rivolti verso qualcosa, si sentono parole spezzettate, nell'aria volteggia il pulviscolo delle cose scritte che si sono liberate dalla carta, ci sono uomini e donne che mai piú rivedrò, c'è un tanfo umano, c'è il rumore dei miei piedi, c'è il cartello che indica dove sono i cessi, una freccia verde.

È a quel punto che l'uomo del personale che mi sta accompagnando si ferma, invita anche me a fare lo stesso, imbocca la porta di un ufficio, «Ufficio Cancelleria», e mi lascia solo dicendo di aspettarlo.

Io ho voglia di uscire, non me ne frega niente di pisciare. Mi guardo un istante. Sono vestito da lavoro. Sembro uno dei tanti lí dentro. Ne fermo uno in maniche di camicia, gli chiedo dove sta l'uscita, mi risponde che non c'è uscita, mentalmente gli do dell'imbecille: da un luogo, cosí come si entra, si esce. Proseguo, vado oltre i cessi, l'uscita la troverò da me (ma mi ricorderò della risposta di quello in maniche di camicia), eccola, esco, è una mattina di nuvole, l'aria ha un sapore di ferro, c'è una stazione di taxi, mi avvicino, il taxista mi fa segno di essere libero, gli chiedo dove siamo, lui risponde che gli interessa di piú sapere dove voglio andare, glielo dico, dico a casa, l'indirizzo chiede quello, glielo do, salgo partiamo andiamo arriviamo.

A differenza di tanti suoi colleghi il taxista era silenzioso.

Gli lasciai una bella mancia.

Poi scesi dalla macchina e mi svegliai.

Ero in un bagno di sudore.

Due

Ero in un bagno di sudore, ancora confuso. Dovetti fare mente locale. La prima cosa che realizzai fu il buio della stanza. Poi che era martedí. Un martedí d'autunno. Mia moglie dormiva. Dormiva anche mio figlio. Guardai l'orologio sul muro, erano le cinque, avevo giusto un'ora di tempo per lavarmi, vestirmi e fare colazione.

Non era un martedí qualunque. Lavoravo per una ditta che vendeva ogni sorta di generi di consumo. Da circa un paio di anni ero responsabile del settore alimentare conserviero. Quella mattina dovevo partire per un giro che mi avrebbe tenuto fuori città per un paio di giorni, dovendo definire alcuni contratti di fornitura con dei nuovi clienti. Fosse andato a segno, era un colpo che mi avrebbe fruttato una bella gratifica e soprattutto un ulteriore passo avanti nella stima del direttore generale e dell'amministratore delegato, fatto che mi stava particolarmente a cuore poiché il mio obbiettivo segreto era quello di entrare a far parte del consiglio di amministrazione. Partivo con due colleghi, responsabili di altri settori della ditta. Avevo appuntamento con loro alle sette. Mi alzai dal letto, scesi in cucina, mi preparai il caffè. Accesi la tivú, diedi un'occhiata ai notiziari, lo sport, poi la cronaca, e l'economia. Mi piccavo di capire qualcosa di come funzionava la borsa. Facevo anche piccoli investimenti. Aprii la finestra della cucina, entrò un'aria fredda che non puzzava ancora di scarichi vari. Ripensai al sogno che mi aveva rovinato la notte. Avevo dimenticato qualcosa. Cercai di concentrarmi. Non ci fu niente da fare, ma alla fine mi dissi che non me ne fregava niente. I sogni sono cosí, svaniscono all'alba anche se dell'alba vera e propria non c'era ancora traccia. Non era la prima volta che alla vigilia di qualcosa di importante per la mia carriera mi capitava di non riposare, disturbato da pensieri che spesso diventavano incubi, tanto che ormai consideravo quel fatto una sorta di buon augurio. In fondo dovevo essere contento di aver dormito male perché, come ho detto, quel martedí non era un giorno come tanti altri. Richiusi la finestra. Mi feci la barba, rasoio a mano. Solitamente uso l'elettrico, però non volevo fare rumore. Davanti allo specchio, attento a non procurarmi antiestetici taglietti, il sogno mi ritornò in mente. Perché in quell'edificio non mancavano solo gli orologi a muro, mancavano anche gli specchi. Forse nell'angolo che ospitava il bagno ce n'erano, non potevo saperlo. Ricordavo di essere scappato, di aver preso un taxi e di aver anche dato una bella mancia al taxista, cosa che generalmente non faccio mai nella realtà. Tra un colpo di lametta e l'altro ricostruivo il sogno. Non tutto naturalmente, i sogni sono difficili da rimettere insieme. Qualcosa continuava a sfuggirmi. Riuscii a farmi un solo tagliettino sulla punta del mento che tamponai con un poco di ovatta.

Per quella mattina niente mezzi pubblici. Aprii la porta di casa mentre l'alba stava sorgendo con il solito colore sporco. Faticava dietro un carico di nuvole che avrebbero portato pioggia. Mi fermai un istante sulla soglia. Il prato del giardinetto aveva già delle macchie giallastre qua e là. L'aria aveva un sapore di sottobosco. Chiusi la porta con la massima attenzione. Mi tornò alla memoria la porta del sogno, quella laccata e sfregiata da scritte che dava sulla stanza dove ero stato portato. Mi abbandonai al ricordo solo per qualche istante, dicendomi poi che quella giornata era troppo importante per lasciarsi distrarre da qualunque altra cosa, men che meno da un incubo. Mi avviai verso il garage attento a non bagnare le scarpe, nere e lucidissime.

In genere usavo poco la macchina. In occasioni come quella, però, dovendomi portare appresso una valigia, senza avere un'idea precisa degli orari che avrei fatto poiché un imprevisto era sempre dietro l'angolo... E poteva capitare che le trattative si prolungassero, che dovessi restare fuori casa un giorno in piú, oppure di ritornare a orari improbabili quando non ci sono piú mezzi... Insomma, in certe occasioni mi veniva comodo prenderla. L'avrei lasciata nel cortile interno della ditta, custodito notte e giorno, e saremmo partiti con l'auto aziendale.

Non riuscii a evitare il cigolante rumore del portellone del garage. Mi augurai che non svegliasse mia moglie e mio figlio. Sul tavolo della cucina avevo lasciato un biglietto di saluto per entrambi. Erano le sei e un quarto quando mi immisi sulla strada. Venti minuti e sarei stato in sede. In largo anticipo sull'appuntamento. Ne avrei approfittato per salire in ufficio e controllare di non aver dimenticato niente, anche se la sera prima avevo preparato con cura tutti i documenti necessari e li avevo messi ordinatamente nella valigetta, quella che nel sogno il baffetto mi aveva sequestrato, dicendo che non sarebbe andato perduto nulla. Guidai tranquillo su una strada semivuota. Tempo trenta minuti e ci si sarebbe riversato l'universo, operai, impiegati, studenti. Il cielo era sempre cupo. L'asfalto era lucido. Accesi la radio. Sugli alberi ai lati della strada c'erano ancora parecchie foglie. Mio figlio diceva che le foglie parlano. Una volta l'aveva scritto in un tema e l'insegnante ci aveva convocato per chiederci se il ragazzo avesse qualche problema di cui lei non era a conoscenza. Ce l'aveva chiesto con un tono insinuante, carico di sospetto, che mi aveva fatto desiderare di prenderla per il collo. Mi ero trattenuto. Le avevo risposto che le foglie non solo parlano ma, come affermava sempre mio figlio, dicono anche le parolacce. L'insegnante aveva detto che un bambino ripete quello che sente. Io avevo ribattuto che fino a quando non era andato a scuola mio figlio non aveva mai detto parolacce. Mia moglie mi aveva toccato il braccio, io mi ero zittito, era finita lí. L'insegnante aveva cambiato discorso.

La parolaccia la dissi io nel momento in cui, dietro una curva, un uomo in divisa, paletta in mano, mi fece segno di accostare. Guardai l'ora, erano le sei e trenta. Bene che andasse, avrei comunque perduto il vantaggio sul traffico che si preparava a invadere la strada. Mi domandai quale infrazione potessi aver commesso. Non ero andato oltre i cinquanta all'ora di legge, avevo la cintura allacciata, non stavo parlando al cellulare. Obbedii all'ordine, non potevo evitarlo, accostai, abbassai il finestrino, pronto a spiegare gentilmente all'uomo in divisa i motivi della mia fretta, a pregarlo di lasciarmi ripartire.

In fin dei conti cosa avevo fatto?

Glielo chiesi.

La risposta mi lasciò di stucco.

– È un semplice controllo.

Un pezzo del sogno era ritornato.

Fui tentato di chiedere se fosse successo qualcosa di grosso, ma tacqui.

Dal notiziario appena ascoltato alla radio non avevo appreso notizie particolari, omicidi, rapine, sequestri, fughe di criminali dal carcere. Niente che avesse potuto mettere in allarme la città. Niente che potesse giustificare la presenza di quell'uomo in divisa invece di uno dei soliti vigili. Pensai che fosse accaduto qualcosa di talmente grave che perfino la stampa ne era stata tenuta all'oscuro. Furono pensieri rapidissimi, pochi secondi, il tempo che l'uomo in divisa aveva impiegato per avvicinarsi e chiedermi la patente.

La strada cominciava ad animarsi. L'uomo in divisa era tornato verso la sua auto. Mi dava le spalle. Stava digitando i miei dati su un computer per controllare la mia patente. Io picchiettavo le dita sul volante. Tenevo d'occhio l'orologio sul cruscotto verificando come i minuti trascorressero rapidamente. Inutile chiedersi perché proprio a me era toccato di venire fermato, eppure continuavo a chiedermelo. I primi bus, quelli che portavano operai e impiegati nelle fabbriche fuori città, cominciarono a passare. Vidi quello che solitamente prendevo anch'io, il 47. Poi comparvero i camion che avevano rifornito di generi alimentari i negozi, cui sarebbe seguita l'interminabile teoria di coloro che per andare ovunque dovessero non intendevano piegarsi per nessuna ragione all'uso della metropolitana o dei bus. Ormai il traffico era nel pieno. Non ce l'avrei fatta ad arrivare puntuale. Dovevo avvisare i miei colleghi del ritardo. Feci per prendere il cellulare quando l'uomo in divisa tornò verso di me sventolando in aria la mia patente tenuta tra due dita. Il rumore di un camion a rimorchio mi impedí di sentire quello che diceva.

– Mi scusi? – chiesi.

L'uomo in divisa ripeté: – Documenti, prego.

Mi venne da ridere. Un mezzo sorriso sciocco. Anche un pensiero sciocco, cui non resistetti: guardai l'uomo in divisa. No, non aveva baffetti.

Mi chiese cosa ci fosse di tanto divertente.

– Niente, – risposi.

Non potevo permettermi di perdere altro tempo ed era semplicemente assurdo pensare di spiegare all'uomo in divisa la storia del sogno che mi aveva turbato la notte precedente e la straordinaria coincidenza di quelle frasi. L'orologio sul cruscotto segnava le sette meno cinque. Mentre prendevo il portafoglio dalla tasca posteriore dei pantaloni calcolai che sarei arrivato all'appuntamento con tre quarti d'ora di ritardo. Era indispensabile avvisare i miei due colleghi. L'avrei fatto appena ripartito.

Aprii il portafoglio.

Il mio documento d'identità non c'era.

Frugai per bene due, tre volte.

Era sempre stato lí, nel comparto di sinistra.

Guardai l'uomo in divisa che fece solo un cenno con la testa.

– Lo sapevo, – disse poi.

Alle sue spalle c'era la foschia dei gas di scarico; l'odore impregnava l'aria.

Feci per dire qualcosa, che forse l'avevo dimenticato a casa, o in ufficio...

L'uomo in divisa mi precedette invitandomi a scendere dalla macchina. Mi disse di farlo senza troppe storie, senza opporre resistenza. Senza obbligarlo a usare le maniere forti. Era armato, lo notai solo allora. Pistola, manganello e manette scintillanti che pendevano dalla cintura, sulla destra.

Scesi.

Quattro passi tra la mia auto e la sua. L'uomo in divisa aprí la porta posteriore. Gli chiesi cosa diavolo stesse succedendo. Dovetti gridare sopra il frastuono che ci avvolgeva. Non mi rispose a parole, ma con un gesto.

Fu un gesto che non aveva la minima ombra di gentilezza, una sberla all'aria. Il suo viso assunse un'espressione scocciata, con la mano destra fece tintinnare per un momento le manette.

– Salga, – disse.

Forse mi diede del tu. Guardai il traffico che scorreva di lato, invidioso di coloro che erano già in colonna. Salii dietro, lui salí con me. Davanti c'era un autista silenzioso che aspettava ordini. Fece per avviare il motore. L'uomo in divisa gli disse di aspettare. Gli disse di bloccare le portiere. Poi girò il viso verso di me ma senza guardarmi direttamente negli occhi. Parlò e sembrò che lo facesse con qualcuno al di là del finestrino.

– Pare che questa notte, alle prime luci dell'alba, si sia allontanato mentre erano in corso controlli su di lei, – disse.

Dovetti chiudere gli occhi, non lo ricordo bene. Probabilmente, facendo cosí, diedi l'impressione di non aver prestato sufficiente attenzione al discorso, perché quello tornò a parlare. Lo fece con un tono che suonò minaccioso; non doveva essere un uomo di grande pazienza.

– Mi ha capito? Il suo documento d'identità, peraltro scaduto, è ancora negli uffici insieme con la borsa dei suoi documenti. Vorremmo sapere perché, – aggiunse.

Pensai alla mia valigetta, quella che il baffetto mi aveva sequestrato.

Perché mi ero allontanato senza il necessario permesso, insisté l'uomo in divisa, perché mi ero comportato come se avessi qualcosa da nascondere?

Le ultime parole gli uscirono con una specie di ringhio. D'istinto pensai che sotto la sua pelle si nascondesse un cane feroce come sotto quella del baffetto una volpe parlante. Il sogno ritornò quando invece sembrava definitivamente archiviato. Portai le mani giunte alla fronte, mormorai una risposta che l'uomo in divisa non comprese. Mi invitò a esprimermi in modo chiaro, a non fargli perdere tempo.

Non riuscii a guardarlo in viso.

– Era solo un sogno, – risposi, lo sguardo fisso in avanti.

Lo sentii soffiare il disappunto per la mia risposta.

– Mi guardi, – disse.

Mi girai verso di lui. Aveva gli occhi ridotti a una fessura, piccoli e violenti.

– Ripeta quello che ha detto, – ordinò.

– Era un sogno, – ripetei.

Volevo giustificare la mia risposta, spiegargli che mi capitava sempre prima di una giornata importante per il mio lavoro. Non me ne diede il tempo.

– Un sogno, eh? – disse.

– Ascoltami bene, coglione, – disse ancora, liberando tutta la rabbia che aveva in corpo nelle parole.

Disse che stava finendo il turno, che da anni lavorava per strada e respirava la merda che c'era nell'aria, che era stanco, che non aveva nessuna voglia di discutere, men che meno di farsi prendere per il culo.

– Apri bene le orecchie, pezzo di merda, – disse.

I documenti non spariscono in sogno. Oppure quella che stavo fornendo era la prova che a volte i sogni si avverano. Rise un momento della sua stessa spiritosaggine e chiese all'autista:

– Tu cosa sogni? – Poi, senza attendere risposta aggiunse: – Io stanotte sognerò di essere miliardario.

Un sogno con una grande villa al mare piena di puttane che gli servono continuamente da bere, una piscina dove buttarsi quando è sbronzo, e la sera una festa dopo l'altra, nessun creditore.

Poi tornò a ringhiare. Nessun coglione come me da fermare alle sette di mattina in mezzo alla merda del traffico, continuò, solo soldi da spendere senza angosce.

Poi disse che non aveva piú tempo da perdere, che a casa sua lo aspettavano, che gli piaceva fare colazione con la sua famiglia, vedere i suoi figli che partivano alla volta della scuola, disse che quello era uno dei rari momenti in cui riuscivano a stare tutti insieme, e che se lo sarebbe perso per un coglione come me.

Poi diede una pacca sulla spalla dell'autista che avviò il motore e partí. Il lampeggiante gli aprí magicamente le porte della colonna.

Chiesi dove stessimo andando.

L'uomo in divisa rispose che adesso di me si sarebbe occupato un funzionario.

Furono le ultime parole che pronunciò. Da quel momento in avanti non ci fu che silenzio; i rumori di fuori non penetravano nella macchina: proprio come se fossimo in un sogno, non riuscivo a non pensare.

L'uomo in divisa scomparirà subito dopo avermi consegnato. Sentirò i suoi passi pesanti allontanarsi.

Andrà a mangiare qualcosa. Si macchierà la divisa. Tutte cose già viste nei film.

Avevamo attraversato la città e una periferia dentro la quale non mi ero mai spinto.

Di nuovo non capivo dove stessimo andando. La mia vita, sino ad allora, era stata dentro il recinto di casa, ufficio e alberghi eleganti.

Registrai le immagini di immensi palazzi dalle tapparelle perlopiú abbassate, di spensierate antenne televisive cresciute selvaggiamente sui tetti, di terrazzini privi di vita. Un mondo muto. C'erano tende da sole arrotolate che aspettavano un'altra stagione. Pensiline dai vetri scarabocchiati. Alcuni semafori erano piegati per l'urto di qualche macchina. Cartacce, lattine, fogli di giornale sui marciapiedi. Macchine qua e là, parcheggiate dove capitava. Non vidi cartelloni pubblicitari e nemmeno essere umani. Il colore generale era smunto. Ne ricevetti il senso di un'inspiegabile malattia, di vita silenziosa che non andava oltre quei toni spenti.

Procedemmo, silenziosi anche noi.

La città e la periferia furono alle spalle.

Ai lati la campagna che si alternava ad ampie aree di bosco. L'aria dentro la macchina cambiò, profumandosi. Compresi che continuando saremmo giunti alla città piú grande della regione. Ma non era lí che eravamo diretti. Dopo circa dieci minuti deviammo a destra. L'autista imboccò una strada a due sole corsie, parzialmente sconnessa. Sembrò che fosse sceso improvvisamente il buio, perché correva in mezzo a un bosco fitto di alberi di vario tipo. Non ne conoscevo i nomi. L'autista accelerò. Fu questione di poco. Sbucammo di nuovo nella luce, in un'area circolare priva di vegetazione. La strada terminava lí, davanti a una massiccia costruzione circondata da un muro non molto alto. Ci fermammo di fronte a un cancello. L'uomo in divisa azionò un telecomando. Parcheggiammo davanti a tre gradini che davano accesso all'edificio. L'autista spense il motore, l'uomo in divisa scese, venne dalla mia parte, mi fece segno di scendere anch'io. Si avviò all'interno standomi di lato e mi accompagnò verso un ufficio che aveva la porta aperta. C'era un uomo seduto a una scrivania che alzò lo sguardo verso di noi e fece un cenno col capo. L'uomo in divisa mi ordinò con un gesto della mano di rimanere lí, di non muovermi. Entrò lui, si avvicinò alla scrivania, disse qualcosa all'uomo che vi stava seduto, tornò indietro, non mi guardò. Sparirà con il rumore dei suoi passi sincopati.

Il funzionario mi invitò a entrare.

Tra me e il funzionario c'erano quattro passi. Il suo ufficio era anonimo, nemmeno un quadro o un calendario, qualcosa che interrompesse il bianco candido delle pareti.

Una sola finestra, aperta, inquadrava un cielo sempre piú nuvoloso. Nell'aria c'era l'odore del bosco. Il funzionario aveva un aspetto mite. Portava occhiali dalla montatura leggera. I suoi capelli erano bianchi e radi. Sulla sua scrivania c'era un discreto disordine di carte. Aveva occhi azzurri e uno sguardo che non penetrava. Mi osservò fare i quattro passi che mi separavano da lui col mento appoggiato alle mani incrociate. Poi mi disse di prendere pure una sedia e di accomodarmi.

Il tono della voce si accordava con il suo aspetto da uomo mite, da uomo che comprende i disagi altrui.

Fu la seconda cosa che mi disse: comprendeva il mio disagio e teneva innanzitutto a scusarsi per il disturbo che mi stavano arrecando.

Slacciò le mani, si appoggiò alla sedia. Lasciò correre qualche istante di silenzio che mi sembrò quasi d'imbarazzo. Quindi si ricompose e appoggiò i gomiti al piano della scrivania.

– Forse le stiamo facendo sprecare ore preziose, – disse.

Non compresi se fosse una domanda o una semplice constatazione. Tanta gentilezza mi disarmò. Fui lí lí per dire che non si preoccupasse, che avrei recuperato il tempo perduto, rimesso in piedi gli affari che a causa degli eventi della giornata erano andati in fumo. Che l'importante era chiarire tutto e tornare alla vita quotidiana, alla casa, al lavoro.

Non riuscii a farlo. Il funzionario frenò la mia lingua mostrandomi il palmo aperto.

– Mi lasci parlare, – disse.

Quando un funzionario parla non bisogna interromperlo.

Quando un funzionario parla conviene starlo a sentire con molta attenzione.

– I controlli, – disse.

I riscontri effettuati su di me avevano dato un esito negativo. Nulla risultava a mio carico.

– Bene, – dissi io.

Istintivamente feci la mossa di alzarmi dalla sedia come se il funzionario mi avesse già congedato. Gli avrei stretto la mano e lo avrei ringraziato per la sua cortesia.

Lui mi lanciò appena un'occhiata.

Tacqui e non mi mossi.

– Tuttavia, – disse.

Mentre diceva «tuttavia» gli occhiali gli scivolarono sulla punta del naso. Lentamente li rimise al loro posto. Poi prese un foglio tra i tanti che aveva davanti.

– Tuttavia ... – riprese, e fece una pausa.

– Come dire ... – altra pausa.

– Insomma, – si decise.

Il mio comportamento era risultato sospetto.

– Non si inquieti, – disse.

Ma andarsene cosí, come avevo fatto io quella notte, senza attendere al pari degli altri la fine delle verifiche, disobbedendo addirittura all'ordine di uno del personale che mi aveva detto di aspettarlo...

– È un comportamento, ammetterà, che può suscitare dei dubbi. Piú d'uno, ne converrà.

– Veramente io... – cercai di dire, ma non avevo le parole, non sapevo come concludere la frase che il funzionario comunque interruppe.

– Si comporta come chi ha qualcosa da nascondere, – disse pacatamente.

– Ma se non è risultato niente a mio carico, l'ha detto lei, – ribattei vincendo un lieve tremore nella voce.

– È vero, – confermò il funzionario. – Niente che sia noto a noi.

– E poi si trattava di un sogno, – dissi di getto.

Alla mia uscita il funzionario piegò la testa di lato. Fu un gesto che aveva qualcosa di sconsolato e di paterno insieme, un atteggiamento che mi confermò di avere di fronte una persona mite, che mi avrebbe lasciato parlare, spiegare. Lasciò correre qualche istante di silenzio ed emise un sospiro precisando che avrebbe preferito non dover affrontare quell'aspetto della situazione. Però, visto che l'avevo tirato in ballo...

– Le vorrei dare un consiglio, – disse.

A proposito della storia del sogno.

Già lo sapeva, questa mia stravagante dichiarazione gli era stata segnalata poco prima dall'uomo in divisa. Comprendeva bene che, pur di difendersi, uno poteva ricorrere alle cose piú inverosimili, addirittura alle bugie.

– Mi creda, – disse il funzionario, – nella mia lunga carriera ne ho sentite di storie assurde.

Irreprensibili esseri umani, stimati uomini d'affari, persone note per le piú varie ragioni che pur di non affrontare le proprie responsabilità scadevano nella delazione, nella volgarità della menzogna, oppure si umiliavano in una richiesta di pietà facendo intendere che, in qualche modo, un trattamento di riguardo era loro dovuto. I poveracci invece, disse il funzionario, erano meno coriacei, piú pronti alla sconfitta, a volte già vinti in partenza.

– Mi creda, in anni e anni di questo lavoro mi è passato sotto gli occhi di tutto.

Il mio caso però l'aveva colto di sorpresa. Lo credeva impossibile, invece gli avevo appena dimostrato che aveva ancora qualcosa da imparare. Mai s'era trovato ad ascoltare una dichiarazione tanto grottesca.

– Le pare un sogno, questo? – disse.

Diede uno sguardo circolare intorno a sé fermandosi per un istante sulla finestra. Disse che, se avesse potuto farlo, non avrebbe certo sognato lo squallore di quella stanza, le lunghe ore passate lí dentro a interrogare individui sospetti, le brevi cene silenziose con la moglie portate a termine con l'unico obbiettivo di raggiungere poi il letto per dormire, per dimenticare il giorno successivo.

– Le sembro un sogno, io?

Mi invitò ad alzarmi dalla sedia, ad andare a toccarlo; non lo feci.

E il mio documento d'identità, se era sparito in un sogno, perché non era nel mio portafoglio quella mattina?

Tacque, quindi. Credo volesse darmi il tempo per pensare e dire qualcosa. L'odore di bosco entrava dalla finestra. Lo annusai pensando al risveglio di mia moglie e di mio figlio: mio figlio dice che quando le foglie si staccano dall'albero lo salutano, come se andassero in vacanza per tornare a primavera. Il mio silenzio probabilmente convinse il funzionario di non essere stato abbastanza chiaro.

– Vede, – disse.

Forse, proseguí, giocando quella carta, con la storia del sogno, volevo farmi passare per un alienato mentale; una comoda scorciatoia per uscire subito dai guai: a chi non ci sta con la testa vengono perdonate molte cose.

– Ma lei non lo è, – affermò.

La mia vita passata, il mio curriculum, il mio presente, i passatempi, tutto testimoniava a favore del mio essere un uomo assolutamente normale, come tanti.

– Come me, – disse, affabile.

Un uomo dedito al lavoro, alla famiglia, ai doveri del buon cittadino.

– Dimentichi la storia del sogno, – disse, – se non vuole incorrere nel reato piú grave che si possa commettere: non collaborare, negarci l'aiuto. Perché, cosí facendo, è come disconoscere la nostra esistenza, la mia, quella di chi l'ha fermata in autogrill e dell'uomo in divisa che l'ha portata qui. È come se negasse il nostro lavoro, ciò che facciamo per il bene della comunità, ciò che rappresentiamo. È molto grave, ci pensi bene. Per queste ragioni mi sento di consigliarle vivamente e, me lo permetta, anche amichevolmente, di non parlare piú di sogni e piuttosto di pensare a un modo per chiudere questa vicenda.

Tacque ancora. Sembrava che tutto quel parlare l'avesse stancato. Sfilò gli occhiali, si massaggiò gli occhi, li rimise.

– Se vuole dire a me, adesso... – mi invitò il funzionario.

Si appoggiò alla sedia, un gomito sul bracciolo, il pugno sotto il mento. Vedendolo cosí, pensai che poteva sembrare la statua di un pensatore, oppure la rappresentazione di un simpatico nonno perso nei ricordi della propria gioventú.

Ma toccava a me parlare.

– Dire cosa? – chiesi.

Non fui in grado di aggiungere altro.

Fu l'unico momento in cui sul viso del funzionario comparve un'ombra di impazienza. Un breve contrarsi della fronte che subito si appianò. Si sistemò sulla sedia producendo uno scricchiolio, un gradevole rumore di quotidianità. Come le molle del letto quando mia moglie si girava da un fianco all'altro. Allora mi venne il sospetto che quello fosse il sogno, che in quel momento fossi immerso nel solito incubo che precedeva le giornate importanti, che il martedí del viaggio fuori città non fosse ancora cominciato.

Il funzionario mi distolse dal pensiero.

– Forse non mi sono spiegato al meglio, – disse, – oppure lei non ha compreso bene.

Disse che ora avrebbe cercato di essere il piú chiaro possibile, evitando inutili giri di parole: dovevo semplicemente confessare la colpa, il reato che avevo commesso in conseguenza del quale avevo abbandonato il luogo dove ero stato condotto per un semplice controllo, disobbedendo all'ordine di un addetto del personale che mi stava accompagnando ai servizi, comportandomi né piú né meno come uno che ha qualcosa da nascondere.

Era quello ciò che lui voleva, doveva sapere.

Cosa nascondevo.

Perché anche lui doveva dare risposte.

Non credessi che la vita di un funzionario fosse semplice, come forse il silenzio della stanza e l'odore di bosco che entrava dalla finestra potevano far sospettare.

Sporgendosi verso di me per illustrare la difficile vita dei funzionari provocò di nuovo quel rumore di molle dalla sedia, lo stesso che produceva mia moglie quando si girava nel letto. Stavo sempre sognando, ne fui certo. Il martedí dei contratti non era ancora cominciato. Dovevo ancora svegliarmi, ripetere i soliti gesti quotidiani, dovevo cercare di non fare rumore per non svegliare nessuno, essere felice di quel sogno o incubo che fosse, che altro non era se non un segno di buon augurio per la giornata che mi attendeva.

Cosí chiesi al funzionario che diavolo di colpa voleva gli confessassi.

Un omicidio, una rapina, uno stupro, una truffa.

Scegliesse lui, a me stava bene tutto.

Dissi che non avevo alcun problema a incolparmi anche di una strage, di un dirottamento aereo, di omicidi seriali. Dissi che, giunti a quel punto, se lui mi avesse fatto la cortesia di scegliere per me gliene sarei stato grato.

Mi aspettava un martedí di lavoro.

Dovevo semplicemente svegliarmi e compiere gli stessi atti di ogni mattina cercando di non fare rumore.

Ma il funzionario è sempre lí, sulla sua sedia scricchiolante, e dice no.

Disse che non dovevo prenderlo in giro. Che prendendo in giro lui prendevo in giro anche me stesso e mi inguaiavo ancora di piú. Nonostante io avessi usato un tono al limite della strafottenza, lui non modificò il suo. Si mantenne pacifico, bonario, era un uomo dalla pazienza infinita. Sembrò avermi letto nel pensiero.

– Il mio è un ruolo che richiede calma, a volte molta calma. È una delle caratteristiche necessarie per occupare il ruolo di funzionario del mio grado.

Quindi disse: – Torniamo a noi.

Se insistevo con la storia del sogno, se credevo e volevo far credere di aver solo sognato, ben presto mi sarei accorto del mio errore. Non gli serviva una confessione fatta cosí, tanto per gioco, tanto per cavarsi d'impaccio.

Dovevo aver ben chiara in mente una cosa.

– Noi non andiamo a caccia di finti colpevoli. I martiri, – disse, – li lasciamo a chi ne ha bisogno. Noi vogliamo sapere la verità, conoscere la realtà dei fatti, di ciò che è accaduto. Quindi, se vuole, me la dirà, e io glielo consiglio vivamente.

Disse che in primo luogo avrei dovuto confessargli il reato commesso. Poi il come, il dove, il quando e il perché. La mia fuga dal luogo dov'ero stato portato durante la notte per essere sottoposto a un semplice controllo nascondeva per forza qualcosa.

Dovevo essere il piú chiaro, il piú preciso possibile. Sia io che lui, disse, ne avremmo tratto vantaggio. Se avessi citato anche testimoni dell'accaduto, questo avrebbe di molto agevolato il suo lavoro, sveltito la pratica.

– Non posso permettermi di essere vago, nei miei rapporti. Anch'io ho dei superiori esigenti, poco inclini a perdonare le mancanze dei loro sottoposti.

Il funzionario si passò una mano tra i capelli bianchi. Guardò oltre me, verso la porta chiusa alle mie spalle. Mi venne da pensare che, forse, qualche errore commesso nel passato avesse bloccato la sua carriera, inchiodandolo per sempre a quella sedia.

– Il tempo stringe, – disse, tornando a guardarmi. – Quanti piú particolari mi riferirà... perché l'ha fatto, quali vantaggi ne ha tratto... quante piú cose vorrà confessarmi, tanto prima finirà il nostro colloquio, – concluse.

Vidi le parole che avrebbero dovuto comporre una frase di risposta staccarsi una a una come le foglie da un albero, le foglie parlanti, cosí diceva mio figlio.

– E poi?

Fu l'unica cosa che riuscii a replicare.

Il funzionario apprezzò la mia domanda: preoccuparsi di ciò che sarebbe accaduto in seguito significava disponibilità a confessare. Significava pensare al futuro: non solo al mio, anche a quello di coloro di cui ero responsabile.

– Niente di che, – rispose, – andrà in giudizio, le verrà comminata la pena relativa al reato commesso, scontata la quale tornerà a essere un uomo libero.

Dopodiché il funzionario aprí un cassetto dalla scrivania, ne estrasse un foglio e si muní di una biro.

– Avanti, ora.

Era il momento. Dovevo lasciar perdere la storia del sogno, lo stavo facendo, pur non capendo dov'ero adesso, dov'ero stato prima. Ma non potevo confessare niente, non avevo reati da confessare.

– Io non ho fatto niente, – dissi.

Il funzionario depose la biro sul foglio.

– Capisco, – sospirò.

Non era la prima volta che gli capitava.

Anzi, era una situazione abbastanza frequente.

– Non dico quotidiana, ma quasi, – aggiunse.

Uomini che si vergognavano di ciò che avevano commesso e che avevano nascosto il fatto nel fondo piú fondo della loro coscienza. Che si erano macerati per un tempo variabile in quella vergogna pagando lo scotto della colpa con notti insonni, litigi familiari, insofferenza nei confronti delle avversità piú banali. Il funzionario disse che ne aveva sentite di ogni tipo: dopo essersi confessati quegli uomini ricominciavano subito a essere quelli che erano sempre stati, ritrovavano l'appetito, il desiderio della loro donna. Capivano che sino ad allora avevano commesso l'imperdonabile errore di voler sfuggire alla giustizia.

– Lo chiedo anche a lei, – disse il funzionario, – vale la pena di rovinarsi la vita cosí?

Le foglie parlanti si staccavano l'una dopo l'altra dall'albero come le parole del funzionario. Alla fine sarebbe rimasto uno scheletro di legno in paziente attesa della rinascita. Ma gli uomini non sono tutti uguali, disse ancora il funzionario, alcuni hanno bisogno di piú tempo per convincersi a fare la cosa giusta.

Forse io appartenevo a quella categoria, contemplata peraltro nel regolamento che amministrava la giustizia: gli indecisi, i restii.

– Per questo abbiamo dei moduli che possono aiutarla, – disse. – Probabilmente, solo con sé stesso avrà molto piú agio per riflettere con calma, – aggiunse.

Si rendeva conto, proseguí il funzionario, che interrogatori di quel tipo potevano mettere in difficoltà chi non era abituato.

Fece il gesto di guardarsi il polso come se volesse controllare l'ora. Anche lui, però, non portava orologi. Capii che l'aveva fatto solo per concedermi ancora qualche secondo.

– Allora, cosa decide? – chiese poi.

– Mi dia questo modulo, – risposi.

Il funzionario mi guardò e sorrise. Fu un sorriso familiare, domestico. Il sorriso che nasce spontaneo al sentire le stravaganze di un bambino, tipo le foglie parlanti o qualunque altra cosa cui si crede per finta.

– Ma cosa ha capito? – chiese.

Si vedeva che era la prima volta che mi capitava di subire un semplice controllo, disse il funzionario. E anche che non conoscevo nessuno passato attraverso quell'iter.

Una vita tranquilla, casa e lavoro, mai un intralcio, fin lí. La vita che aveva sognato per sé, invece il destino l'aveva messo a fare quel mestieraccio.

– Beato lei! – esclamò.

In ogni caso il modulo non era un foglio di carta da riempire con risposte a domande precise.

– Come i questionari delle società di assicurazione oppure...

– E allora cos'è? – chiesi.

– È un'unità organizzativa, autonoma, che fa comunque parte del complesso meccanismo di amministrazione della giustizia.

Il funzionario sorrise.

– Non ha capito, vero?

Poi rise francamente.

– Mi deve scusare, – disse. – Ma il gergo, il vocabolario della burocrazia...

Era talmente abituato a usarlo che spesso, molto spesso, dimenticava di avere a che fare con persone che svolgevano lavori del tutto diversi, che usavano altri linguaggi. Che non potevano, lo comprendeva bene, sapere cosa fosse un modulo.

Anche a casa, in famiglia, gli scappavano certi termini che suscitavano l'ilarità di sua moglie e dei suoi figli.

Me lo spiegò subito, in parole povere, cosicché potessi capire.

È una stanza, niente altro.

Per essere precisi, aggiunse subito dopo, erano piú stanze; trenta, quaranta, il numero preciso non lo sapeva. La gestione dei moduli non era di sua competenza. Mi disse che il termine modulo era riferito a ogni singola stanza. Ma questo aveva poca importanza. Ciò che contava, affinché comprendessi bene, era che di lí a poco mi avrebbe fatto trasferire in un modulo tutto per me: una stanza tutta mia.

– Dove avrà il tempo necessario per riflettere sulla colpa che non ha voluto o potuto confessare adesso e dove deciderà con comodo quando farlo.

Al momento giusto sarebbe bastato dire al custode che ero pronto e in un battibaleno la mia pratica sarebbe andata avanti.

– Altri aspettano, – disse il funzionario.

Sempre affabile, paterno. Se avevo ancora qualcosa da chiedere lo facessi, ma in fretta, mi aveva dedicato sin troppo tempo. Il suo lavoro non gli concedeva un attimo di pace. Mi scusai e di getto, con una voce che non mi sembrò neppure la mia, gli ribadii che non avevo niente da confessare, che non avrei saputo cosa...

Mi interruppe.

– Cosí, – disse, – non andiamo da nessuna parte e complichiamo la vita di entrambi.

– Le farò una domanda, – disse.

– E veda di darmi una risposta sincera, – disse ancora.

Risposi che ero sempre stato sincero, che...

Mi chiese di tacere. Parlava lui adesso.

Doveva farmi la domanda.

Mi chiese in che condizione pensavo di essere.

Risposi che mi sembrava di essere... mi imbarazzai, mi venne un po' di tosse, sentii di arrossire, insomma non volevo essere offensivo o irrispettoso davanti a un funzionario cosí gentile, ma mi sembrava... le parole uscirono da sole, mi sembrava di essere in balía di altri, privo della possibilità di agire secondo la mia volontà...

Il funzionario sorrise.

– Lo sapevo, – disse.

Era quello il mio errore. Pensare di essere in una specie di stato di arresto. Pensare che mi avessero privato della libertà.

– Ma le pare che la giustizia possa agire cosí? Incatenare, mi passi il termine, persone senza che se ne conoscano le colpe, i delitti? Sono cose che magari succedono altrove. Non qui, glielo posso assicurare, – disse il funzionario.

– Solo dopo, – disse.

Dopo, a prove acquisite, a confessione avvenuta.

Ecco, solo dopo sarebbe cominciato l'iter vero e proprio. Allora sí che avrei potuto considerarmi una sorta di prigioniero, chiamare tutti gli avvocati del mondo, difendermi, giustificarmi, spiegare il perché del mio reato.

– Il modulo che il nostro sistema giudiziario ha inventato serve proprio a questo, – disse.

Dentro il modulo in cui mi avrebbe fatto ospitare («Lei è un ospite, se lo ricordi, un ospite!»), avrei avuto tutte le comodità che mi sarebbero servite; mi avrebbero dato pasti caldi e anche l'assistenza di un medico, qualora ne avessi avuto bisogno. Ma soprattutto avrei potuto ripensare con calma al mio reato e, una volta deciso, confessarlo.

Purtroppo adesso doveva proprio congedarmi, mi aveva dedicato fin troppo tempo, s'era lasciato prendere da una specie di... di simpatia umana, disse, vedendomi cosí inerme, disorientato...

Restai immobile.

Però un'ultima cosa me la voleva dire. Come se stesse parlando a un amico, a uno di famiglia.

– Non perda troppo tempo. Confessi. Non è difficile. Ci dia moventi, date, luoghi, ore, testimoni. Aiutando la nostra giustizia aiuterà sé stesso.

Feci per aprire la bocca.

– Può andare, – disse il funzionario.

La porta alle mie spalle si aprí.

Tre

Entrai nel settore dei moduli attraversando un sottopassaggio. L'aria sapeva di detersivo. O di pittura. Forse entrambe le cose. Il pavimento era lucido, i muri sembravano freschi di imbiancatura. Mi accompagnava un omettino grassottello. Camminava davanti a me, fischiettando. Sbucammo in quello che sulle prime mi parve un corridoio infinito. L'uniformità del colore di pavimento, pareti e soffitto dava quell'impressione. Lo percorremmo per qualche minuto. A un certo punto il mio accompagnatore si fermò, smise di fischiettare, estrasse dalla tasca un comando elettronico e in quello che sembrava un muro si aprí una porta.

L'ometto si fece da parte, un passo di lato.

– Ecco il suo modulo, – disse.

Gentile come un cameriere d'albergo.

– Prego, – disse, accompagnando l'invito con un gesto della mano.

Entrai e lui mi seguí.

La prima cosa che feci fu inspirare dal naso. Lo stesso odore di fuori, detersivo e pittura.

– Disinfestiamo e tinteggiamo ogni volta che un modulo viene lasciato libero, – disse l'ometto.

Poi mi chiese se poteva avere un momento la mia attenzione. Doveva illustrarmi le comodità di cui il modulo disponeva e mettermi al corrente di alcune regole. Cominciò con le comodità.

Un tavolino con una sedia, un divano, un letto, un angolo coi servizi e la doccia, una finestrella cui potevo arrivare con le mani.

– Può aprirla e chiuderla a piacimento, – chiarí l'ometto.

Non aveva tende.

Del caldo e del freddo non avevo di che preoccuparmi, disse: era compito loro avviare l'aria condizionata nei periodi piú afosi e aumentare la temperatura quando il freddo si faceva eccessivo.

Proseguí.

Mi indicò un invisibile sportello nella parte inferiore della porta attraverso il quale passava il vassoio con colazione pranzo e cena e grazie al quale avrei potuto far avere notizie scritte alla mia famiglia. Allo scopo mi mostrò, nel cassetto del tavolo, un piccolo notes e una matita.

– Purtroppo, fino a che resterà qui, non potrà ricevere risposte, – precisò.

Regolamento. Serviva a evitare che dall'esterno giungessero stravaganti suggerimenti che avrebbero solo fatto perdere tempo alla giustizia. Per la stessa ragione il modulo non era dotato di televisione o radio, né si potevano avere giornali o libri.

Mi colpí una cosa, chiesi se potevo fare una domanda.

– Certo, – disse l'ometto.

Non c'era un calendario e io già adesso non sapevo che giorno fosse.

– Un calendario? – reagí l'ometto quasi avesse udito uno sproposito. – Un calendario fa galera, – replicò.

Un calendario serve a calcolare quanto tempo manca alla fine della pena, a cancellare i giorni l'uno dopo l'altro. Ma io lí non ero in galera, non stavo scontando alcuna pena, non dovevo dimenticarlo mai. Ero ospite. Sarei uscito, quando avessi deciso, da un giorno all'altro.

– Andiamo avanti, – disse l'ometto.

Doveva mostrarmi la cosa piú importante di tutto il modulo. Un pulsante nero, sfuggito al primo sguardo d'insieme che avevo dato alla stanza appena entrato.

Era a destra della porta.

– Lo premerà quando si sarà deciso a fare quello che deve, – disse l'ometto.

Sarebbero venuti immediatamente a prendermi.

– Per qualunque necessità scriva e lasci il biglietto sul vassoio. Se non è proibito dal regolamento, il suo desiderio verrà soddisfatto, – aggiunse.

Poi si guardò in giro per un momento, silenzioso. Sembrava riflettere se avesse dimenticato qualcosa.

– Ecco, – riprese. – Senza offesa, – disse, perché non gli sembravo il tipo. – Qualunque danno lei produrrà alle strutture presenti qui dentro, compresi i muri, le verrà addebitato.

Tornò a scusarsi, ma a volte capitava di ospitare degli autentici vandali.

Era tutto.

– Bene, – disse infine. – Le auguro di restare

qui dentro il minor tempo possibile. Dipende da lei. Arrivederci.

Uscí. La porta ridiventò parte integrante del muro.

Rimasi in piedi per un po'. Poi compii gesti automatici, sciocchi. Sbirciai nel cassetto del tavolo, mi sedetti sul divano e mi sdraiai sul letto, aprii e chiusi la doccia, sfiorai il pulsante nero. Aprii la finestra: inquadrava un rettangolo di cielo. Saltai sul tavolo. Sotto i miei occhi si presentò il quartiere dei moduli: bassi caseggiati di cemento, finestrelle a regolare distanza una dall'altra, un immenso spazio centrale asfaltato, vuoto. Emanava silenzio, toglieva la voglia di parlare, gridare. Lo guardai fino a che fu notte, fino al momento della cena. Nonostante tutto avevo fame, mangiai; il cibo era buono, abbondante, ero un ospite e come tale trattato. Dormii. Quando mi svegliai allungai una mano per toccare un fianco a mia moglie. Il braccio mi cadde oltre il letto. Aprii gli occhi, arrivò la colazione, ero nel modulo, la finestra era aperta. Ancora sdraiato, mi chiesi perché.

Perché proibivano l'uso di un calendario per tenere conto del passare dei giorni e lasciavano una finestra grazie alla quale avrei potuto vedere la luce e il buio, qualche stella, la luna, il sole, calcolare il trascorrere del tempo?

Feci colazione e scrissi la domanda su un foglio del notes.

Passai il tempo a fissare lo sportello. Arrivò il pranzo. Con la cena un biglietto. Scritto in stampatello. Le *n* erano invertite.

ИOИ POSSO RISPOИDERE SEИZA PREVIA AUTORIZZAZIOИE.

I menu erano scelti con cura, mai gli stessi cibi di seguito. Pasta, riso, minestre tra le piú varie, carni, pesce, verdura, frutta, anche il dolce. La risposta arrivò insieme con un mezzo polletto al forno e contorno di piselli. Il giorno prima avevo pranzato con un branzino al sale, l'altro ancora con una bistecca di manzo al sangue.

OGИI CALEИDARIO HA UИA FIИE.

Le *n* erano sempre invertite.

OGИI CALEИDARIO HA UИA FIИE, IL TEMPO CHE PASSA ATTRAVERSO LA FIИESTRA ИO. È UИ MOИITO COSTAИTE PER LO SPRECO CHE SE ИE FA, IИUTILMEИTE, CERCAИDO UИA VIA D'USCITA QUAИDO ИOИ ИE ESISTE CHE UИA. SI COИVIИCA A COИFESSARE IL SUO REATO, ИOИ SI PERDA IИ FILOSOFIE, AFFROИTI LA SUA STRADA. IL ИOSTRO SISTEMA HA GIÀ DIMOSTRATO ИEL BEИE E ИEL MALE DI ESSERE PERFETTO.

Pioveva quando ricevetti il biglietto.

Lo rilessi piú volte, lo accartocciai, lo gettai dalla finestra.

Mi ritornò quella stessa sera, sul vassoio della cena, accompagnato da una minestra di farro, prosciutto cotto e finocchi saltati in padella.

Trascorsi la sera annusando quel pezzo di carta fradicio, guardando l'acqua che scendeva dal cielo, le pozzanghere che si andavano allargando nel cortile d'asfalto. Non mangiai, restituii il vassoio senza toccare niente. Pregavo tra me che smettesse di piovere. A casa mia, quando piove per giorni e giorni, si allaga il garage. A volte mi tocca chiamare i vigili del fuoco. Anche il giardino si inzuppa e l'erba muore. Ascoltare il rumore della pioggia mi concilia il sonno, ma a volte mi provoca la necessità di pisciare. Ne avevo parlato con un amico medico, mi aveva detto che era questione di prostata, andava controllata. Mai fatto.

Pioveva, mi svegliai, avevo bisogno di pisciare, guardai l'ora, erano le tre.

Quattro

Il fianco di mia moglie era caldo, lo toccai, lei si mosse appena, non smise il suo docile russare. Udii il suono di una sirena. Aspettai che la vista si adattasse al buio. Sentivo il ticchettio delle gocce sul tetto, la necessità di pisciare si fece impellente. Pensai che la mattina avrei dovuto prendere l'impermeabile dall'armadio della camera, prima anta a destra. Le molle del letto cigolarono, il pavimento era freddo, sbattei appena il gomito contro lo stipite della porta. Pisciai senza accendere la luce, pazienza per gli schizzi che sarebbero caduti fuori. Lasciai andare il primo fiotto, pieno, regolare, potente. Poi attesi. Il residuo. Quello che scavalca la prostata, l'amico medico me l'aveva detto. Mi piacque attenderlo. Nel silenzio, segno che non avevo disturbato il sonno di mia moglie e nemmeno quello di mio figlio. Arrivò: un arco debole. Non tirai lo sciacquone. Restai lí per un istante, pensando per un po' che l'essere che ero io, quell'essere con fuori la piccola proboscide che aveva appena finito di pisciare, il giorno seguente, di lí a poche ore, vestito di tutto punto, asettico, perfetto, sorridente, sicuro di sé avrebbe dovuto combinare affari.

Non avevo piú sonno.

Avevo preso appunti sulle proposte che avrei fatto.

Le sapevo a memoria.

Uscii dal bagno ripassandole.

Mi avviai verso la cucina.

Il silenzio notturno è piú intenso in una cucina, odora del cibo consumato. I piatti sporchi erano ancora sul tavolo. Mia moglie aveva detto che ci avrebbe pensato l'indomani. Dopo cena eravamo rimasti a chiacchierare. Lei mi aveva chiesto quanto tempo sarei stato via, io le avevo risposto che non sapevo, potevano essere un paio di giorni come tre, dipendeva da come sarebbero andate le trattative. Mio figlio mi aveva chiesto cosa gli avrei portato dal viaggio, gli avevo chiesto cosa volesse, aveva risposto: «Una cosa». Amava le sorprese. Poi era andato a dormire. Mia moglie e io avevamo parlato un po'. Mi aveva preparato il cappotto, non immaginava che avrebbe piovuto. Era andata a letto prima di me. Io ero rimasto in cucina a ripassare mentalmente le proposte di contratto. Avevo intinto l'indice in ognuno dei tre piatti sporchi. Mi diede gioia il fatto di ritrovarli ancora lí.

Erano le tre e mezza. Decisi di coricarmi di nuovo. Forse non sarei riuscito a dormire, ma non aveva senso stare in cucina aspettando l'ora della partenza. Mi sedetti. Riflettei stando al buio. Pensai che se mi fossi riassopito anche quel sogno avrebbe ripreso la sua storia. D'accordo che prima di ogni giornata importante avevo sempre fatto sogni strani. Ma per quella notte mi sembrava di averne avuto abbastanza.

Sorrisi nel buio.

Ero un uomo d'affari, pratico, ragionavo con i numeri, firmavo contratti milionari. Non era il caso di inchinarmi alla suggestione di un incubo. Guardai le ore, erano ormai le quattro, tornai in camera.

Mia moglie dormiva. Nel sonno si era spostata, aveva occupato parte della mia metà del letto. Cercai di non disturbarla accontentandomi dello spazio che mi aveva lasciato. Mi sistemai, mi girai su un fianco, caddi.

Aprii gli occhi, vidi la finestrella.

Inquadrava una luna piena, quella verso la quale abbaiano i cani o, dicono, i lupi.

Quindi aveva smesso di piovere. Fissai la luna fino alle prime luci dell'alba.

Cinque

Fissai la luna con la precisa intenzione di non riaddormentarmi.

Nostro figlio era stato concepito in una notte di luna piena. Forse per questo sentiva le parole delle foglie. Il respiro di mia moglie era ipnotico, regolare, costante, l'essenza del sonno. Chiudevo gli occhi a tratti, poi li riaprivo. La luna si spostava lentamente nel rettangolo della finestra della mia camera. Alle prime luci dell'alba mi addormentai. Ormai era l'ora della colazione.

Sei

La porta a muro del modulo si aprí, non avevo premuto il pulsante nero della chiamata, entrarono quattro uomini che indossavano una tuta grigia. Uno lasciò cadere a terra un sacco giallo. Poi chiese agli altri da quanto tempo fossi lí, perché si fossero accorti cosí tardi che ero morto. Uno disse che non lo sapeva, un altro commentò la mia magrezza, il quarto disse che da giorni e giorni rifiutavo il cibo. Uno disse che avrebbe cominciato l'ispezione per vedere se avessi prodotto danni alle strutture del modulo. Disse che in ogni caso mi sarebbe andata bene, perché i morti non possono pagare i debiti. Aggiunse che anche la mia famiglia si era cautelata, vista la mia insistenza a non voler confessare il reato: mi aveva disconosciuto. Mia moglie s'era risposata. Mio figlio aveva voluto lavare il disonore di un padre come me entrando alle dipendenze del sistema dei moduli: lavorava con loro, non aveva mai chiesto dove fossi. Ero morto, sentivo i loro discorsi, cominciai a sudare. Forse mio figlio era uno di quei quattro. Forse era quello che stava facendo l'ispezione. Quando aprí il cassetto del tavolo fischiò per la meraviglia. Gli altri tre corsero a vedere. Era pieno di stuzzicadenti. Uno si portò un dito alla tempia per significare che forse non avevo piú la testa a posto. Un altro disse che invece aveva già visto quel sistema: serviva a contare i giorni che passavano. Tenere uno stuzzicadenti al giorno. Il giorno e la notte a un certo punto si confondono, può capitare di addormentarsi, perdere il conto. I pasti lí dentro invece venivano serviti regolarmente, compresi di stuzzicadenti. Uno chiese quanti potessero essere. Un altro li sparpagliò con le mani. Disse pochi, comunque, rispetto al tempo che ero rimasto dentro il modulo. Dài ragazzi mettiamolo via, disse un altro.

Li vidi avvicinarsi, due pronti a prendermi per le caviglie, due sotto le ascelle.

Sudavo sempre di piú.

Possibile che non capissero che non ero morto, che i morti non possono sudare?

Ma ero morto e non potevo parlare, altrimenti avrei chiesto di mio figlio, se fosse uno di quei quattro.

Uno aprí la sacca. La cerniera produsse un rumore secco.

Con un colpo della mano spengo la suoneria della sveglia. La luce dell'alba è ancora lí. Mi sono addormentato sí e no dieci minuti, sufficienti per rientrare in quel sogno.

Sette

Mi alzo cercando di non fare rumore. Metto i piedi a terra. Compio i soliti gesti di tutte le mattine, lascio un biglietto di saluto sul tavolo della cucina a mia moglie e mio figlio, esco e solo allora, sulla soglia di casa, metto mano al portafoglio con l'intenzione di controllare il mio documento di identità.

Non lo faccio. Ripongo il portafoglio in tasca. Cedere alla suggestione di un sogno è un gesto insensato.

Sono davanti al garage. C'è un po' di vento. Qualche foglia parlante volteggia in aria. Sorrido alla fantasia di mio figlio, alla sua età si può credere a tutto, anche ai sogni. Mi avvio. Fila tutto liscio. Nessuno mi ferma. Arrivo puntuale. I miei colleghi sono già lí. Quando mi vedono il miope mi strizza l'occhio. Ridendo mi chiede se ci ho dato dentro con mia moglie, quella notte. Gli chiedo perché. Risponde, guarda che occhiaie. Non ci avevo fatto caso.

Dico che ho dormito male. Chiedo in che albergo ci mandano. L'*Astoria*. Fingo indifferenza, ma ne sono felice. È il solito albergo, mi conoscono, sono registrato da anni, non mi chiederanno alcun documento. E se anche fosse è lí, pronto nella mia tasca. Li prego che mi esentino dalla guida, che mi lascino stare dietro, a dormicchiare un po', a recuperare il sonno perduto. Il miope dice che guiderà lui, durante il giorno non ha difficoltà, solo con il buio non se la sente.

Per raggiungere l'*Astoria* ci vogliono tre ore di macchina, al netto di imprevisti, incidenti, nebbia o quant'altro.

Otto

L'*Astoria* non è un albergo per turisti.

Intorno, a perdita d'occhio, si estende un paesaggio di pianura: prati e terre coltivate. È come un corpo umano, dentro di sé ha tutto ciò che gli serve per campare.

Ha negozi, una piscina, un casinò, un centro benessere, tre ristoranti, numerose sale riunioni, un'infermeria, duecento camere tutte dotate di salottino, un'officina meccanica dove si può pure far lavare la macchina, sul tetto una piazzola d'atterraggio per gli elicotteri.

Non è un albergo per turisti, ma un luogo dove si incontrano uomini per trattare i loro affari in piena tranquillità, avendo sottomano ogni tipo di comfort.

Un turista non saprebbe cosa fare, dove andare una volta uscito dal suo ampio ingresso. La sera l'*Astoria* offre spettacoli di vario genere, dispone anche di ragazze selezionate e bellissime, pronte, su richiesta, a intrattenere gli ospiti durante la notte.

Per tutto il viaggio fingo di dormire.

Il miope non tace mai. Se gli chiedi di zittirsi resiste un paio di minuti poi ricomincia. Parla del piano che ha in borsa per fregare la concorrenza e accaparrarsi la fetta piú grossa sul mercato delle forniture scolastiche. Quindi passa alle barzellette. E racconta dell'ultima volta che siamo stati lí, di una tettona che s'è portato in camera e con la quale è stato in ballo sino all'alba.

L'*Astoria* compare all'orizzonte.

Non c'è parcheggio all'esterno, i garage sono sotterranei.

Ci sono già parecchie macchine. L'odore dei gas di scarico è intenso, mi procura un lieve giramento di testa.

Il miope dice, forza che poi ci divertiamo. Pensa alla sera, dopo gli affari, alla notte, alla tettona con la quale è stato in ballo fino all'alba, a un'altra come lei.

Sono quasi le undici del mattino, abbiamo un pranzo comune con i nostri corrispondenti d'affari all'una; pomeriggio dedicato ai contatti singoli, ognuno per sé. Salgo in camera, mi rinfresco, chiamo casa, non risponde nessuno, mio figlio è a scuola, mia moglie probabilmente in giro per spese, lascio suonare guardando il vuoto intorno all'*Astoria*, tengo il cellulare all'orecchio per non so quanto tempo poi chiudo. Nemmeno il tempo di farlo e trilla. Penso: mia moglie. È il miope.

Dice, ti stiamo aspettando.

Rispondo, scendo.

Ma rimango ancora un po' davanti alla finestra che dà sul niente di fuori. Ritento di chiamare mia moglie sul cellulare. Nessuna risposta. Facile che sia uscita dimenticandolo a casa, oppure in macchina. Ma quel silenzio mi inquieta. È lo stesso che gravava dentro il modulo che ho sognato, quello di una casa abbandonata da una moglie che si è risposata e da un figlio già grande.

Scuoto la testa e sorrido senza allegria.

Di nuovo il telefono, di nuovo il miope.

Allora?

Scendo per le scale perché gli ascensori mi fanno paura.

Nove

Nella sala ristorante c'è musica in sottofondo. Musica classica riarrangiata. Mi fermo sulla soglia. Il miope si alza dalla sedia e mi indica il tavolo dove siamo. Ci sono tutti, solo la mia sedia è vuota. Avanzo a passo lento, ho in testa il buio che circonda l'*Astoria*, il silenzio che regna nella mia casa. Mi hanno aspettato educatamente, non hanno toccato nemmeno un pezzo di pane. Solo uno ha bevuto un bicchiere d'acqua. Il miope fa le presentazioni. Il mio interlocutore è un tipo anonimo, alto e magro, grigio. Lo si direbbe vicino alla pensione, poco disposto quindi a combattere, tirare sui prezzi. All'improvviso un pensiero mi fulmina. Se cosí fosse, se lui fosse davvero arrendevole come immagino, potrei concludere quello stesso pomeriggio. Poi, con una scusa qualunque, dire ai miei due soci che devo rientrare a casa, mia moglie non si sente bene; prenderò un taxi, non importa la spesa. Non ho appetito, pilucco qualcosa. Il miope mangia a quattro palmenti, beve anche vino, diventa rosso in viso. Non si nega nulla, nemmeno un dolce e un amaro alla fine del pranzo. Ci inonda di barzellette per un quarto d'ora. È lui che sembra aver assunto il comando delle operazioni. È lui che batte le mani sul tavolo per dire, ridendo, che il tempo della ricreazione è finito, ci tocca lavorare. Ci alziamo come dopo un ordine. Io do un'occhiata al cellulare, casomai mia moglie mi avesse mandato un messaggio. Non c'è niente. Il miope resta dietro di me, aspetta che gli altri mi precedano verso la sala riunioni. Mi si mette al fianco.

Che cazzo c'hai?, mi chiede.

Rispondo, niente.

Non hai mangiato, sembri preoccupato.

No.

In ogni caso non mi sembri in forma come al solito, insiste.

Gli dico di non preoccuparsi, andrà tutto bene.

Mi batte una mano sulla spalla.

Dài che poi stasera ci divertiamo, dice.

Sí, rispondo.

Nella sala riunioni si può fumare.

Dieci

Nel modulo, nel sogno, non fumavo.

Il mio interlocutore mi si fa incontro, la mano aperta, il braccio teso.

Fa caldo.

Ci presentiamo. Non memorizzo il suo nome. Chiedo il permesso di slacciarmi la cravatta.

Nemmeno io le sopporto, dice lui. Ma se la tiene ben stretta al collo.

Bene, fa ancora, vogliamo cominciare?

Volentieri, rispondo.

L'ascolto, mi dice.

Prima però, aggiunge, voglio che lei sappia una cosa.

Mi spiega che il suo consiglio di amministrazione gli ha conferito pieni poteri per quella trattativa, si fida ciecamente del suo operato.

Mi perdoni la vanità, aggiunge, ma nella mia carriera non ho mai sbagliato un colpo.

E precisa che non vorrebbe sbagliare proprio quello, l'ultimo.

A breve andrò in pensione, spiega, e, se tutto va per il verso giusto, con una bella gratifica.

Si comprerà una barca.

Il mio sogno, afferma.

Lei è ancora giovane, prosegue, ma ce l'avrà un sogno da realizzare quando si sarà liberato dal lavoro. O no?

Chiacchiere, penso, stiamo solo perdendo tempo.

Per intanto, rispondo, sogno di chiudere questo affare.

Sentiamo, dice lui.

L'idea di finire entro la giornata, prendere un taxi, tornare a casa mi spinge a essere frettoloso.

Il discorso che mi esce, quello grazie al quale dovrei convincerlo a cedere a noi i punti vendita della ditta che rappresenta, è frammentario.

Il mio interlocutore mi chiede piú volte, gentilmente, di ripetere qualche passaggio che non gli risulta chiaro.

La questione dei dipendenti, per esempio.

Gli automezzi, piú di duecento.

I fornitori all'ingrosso.

Posso garantire che la mia ditta non opererà tagli, non stravolgerà un'organizzazione che, non c'è superbia nelle sue parole, è un meccanismo perfetto?

Anche il marchio. Qualcuno nel suo consiglio di amministrazione ci tiene che non scompaia.

Fa caldo, mi sento sudare.

Il mio interlocutore tace.

Non ne avete tenuto conto?, chiede poi.

Sta cercando di alzare il prezzo.

Prendo la mia valigetta, la apro, ne estraggo un pacco di fogli.

È tutto scritto qui, dico, battendo la mano sul plico.

Lui approva.

Allora che ne dice, propone, se interrompiamo qui il nostro incontro?

Lui si prenderà il resto del pomeriggio per dare un'occhiata alle carte.

Lei magari ne approfitti per riposare un po', conclude poi, mi sembra affaticato.

Forse sta pensando che voglio imbrogliarlo.

D'accordo, rispondo.

Mi alzo dopo avergli dato la mano, mi avvio verso l'uscita sotto lo sguardo del miope e dell'altro.

Ridono entrambi, le cose vanno per il verso giusto.

Undici

La prima cosa che faccio salito in camera è telefonare a casa. Mia moglie risponde subito. Il sollievo di sentire la sua voce cancella l'ansia lasciando spazio a un po' di risentimento.

Allora?

Allora cosa?, chiede lei.

Le dico che l'ho chiamata già un paio di volte. Se quel diavolo di cellulare lo dimentica dappertutto anziché tenerlo con sé, è decisamente inutile averlo.

Ho visto le tue chiamate, risponde lei. Ma dici sempre di non chiamarti quando sei in viaggio.

Sí, però... bofonchio.

Ti sento male, distante, dice lei.

Scherzo.

Sono a piú di trecento chilometri dalla città, forse non c'è campo, dico.

Le chiedo di passarmi nostro figlio.

Oggi è il giorno della piscina, replica lei.

Contavo di tornare oggi stesso, ma non mi sarà possibile, dico io.

Va bene, dice lei, tornerai domani o no?

Certo, rispondo, e...

E?

Tieni il cellulare con te.

Mi sdraio sul letto, ormai imbrunisce.

Sento in lontananza il rumore dei camerieri che preparano i tavoli per la cena.

Alle otto.

Dodici

I tavoli non sono piú uniti. Il miope e l'altro sono seduti al nostro. Mezza bottiglia di vino bianco è già vuota. Vedo il mio corrispondente d'affari in un angolo, solo. Mi saluta con un cenno della mano. Ricambio, mi siedo. Il miope è su di giri.

Allora?, chiede. Com'è andata?

L'altro dice che ha ancora piccole cose da definire, dice che la mattina seguente sistemerà tutto e chiuderà l'affare.

E tu?, mi chiede il miope.

A te come va?, ribatto io.

Tutto liscio. Ma tu?

Sembra bene.

E allora perché fai quella faccia?

Sono stanco.

Il cameriere viene per le ordinazioni. Prendo un'insalata mista, nient'altro. Quando se ne va il miope si sporge verso di me.

Con tutto il ben di dio che c'è, gratis oltretutto, mi pigli un'insalata?

Non ho fame, rispondo.

Il miope scuote la testa.

Ma che cazzo c'hai?, chiede.

Niente.

Niente, eh!

E invece lo so io!, aggiunge.

Dice che lo sa lui quello che mi serve, che ho bisogno di divertirmi. Dà di gomito all'altro. Ha un programma bello e pronto. Dopo cena passeremo un paio d'ore al casinò, tanto per tirare l'ora in cui compaiono le ragazze dell'albergo. Poi ne scegliamo una a testa e ce la spassiamo per il resto della notte.

Il cameriere arriva a servirci, il miope comincia a mangiare, ma non smette di parlare nonostante abbia la bocca piena. L'altro sorride. Il miope insiste che certe occasioni capitano talmente di rado che è un vero peccato lasciarsele sfuggire. Lontani da occhi curiosi non c'è niente di male se ogni tanto ci riesce di rompere la routine della vita familiare. Beve un intero bicchiere di vino. Poi dice che non è certo il caso di farsi venire i sensi di colpa per una notte con una ragazza che non avremmo piú rivisto. Anche se, aggiunge ridendo, gli sarebbe piaciuto rivedere la tettona che l'aveva tenuto in ballo l'ultima volta che eravamo stati lí.

Ho finito l'insalata, mi giro a controllare il tavolo del mio interlocutore, è vuoto.

Guardo il miope.

Io salgo in camera, dico.

Miracolosamente smette di masticare per un istante.

Allora non hai capito un cazzo della vita, dice sputacchiando un frammento di cibo.

Sono stanco, dico.

Forse anche un po' coglione, dice il miope. Senza offesa, s'intende.

Mi alzo, mi avvio, mi fermo e mi giro per dare la buonanotte.

Vedo il miope che strizza un occhio all'altro.

Lascio perdere la buonanotte.

Tredici

In camera non accendo la luce, chiamo immediatamente casa. Mi sono seduto davanti alla finestra a guardare il nero compatto dell'esterno, il cielo fuso con la terra. Mi coglie l'inquietudine che avevo nel sogno, l'inquietudine che avevo provato quella stessa mattina, che la casa fosse vuota, che mia moglie mi avesse abbandonato, che mio figlio non fosse il piccolo che avevo lasciato addormentato nel suo letto, che fosse già adulto, magari uno di quelli che mi stavano mettendo nella sacca gialla anche se non ero morto.

Al sesto o settimo squillo mia moglie risponde.

Scusa, dice. Prima non potevo.

Quando io non sono in casa mio figlio diventa inquieto, fatica a prendere sonno, a volte fa brutti sogni. Mia moglie s'era coricata con lui in modo da tranquillizzarlo. Aveva lasciato il cellulare in cucina per evitare che il rumore della suoneria lo disturbasse.

Adesso dorme, dice.

Spero che sogni le foglie parlanti, dico io.

Sognale anche tu, dice mia moglie.

Intorno all'*Astoria* non ci sono alberi, rispondo.

A che ora conti di arrivare domani?

Sospiro. Se fosse già domani, penso tra me.

Visto come stanno andando le cose, rispondo, credo che riusciremo a partire nel primissimo pomeriggio. Sarò lí per l'ora di cena.

Ti preparo qualcosa di buono, dice lei.

Tu sai quello che mi piace, dico io.

Bene, dice lei, allora buonanotte.

Buonanotte, sussurro.

Spengo il telefono, ma non mi alzo dalla sedia. Resto a guardare dalla finestra. Non posso dormire. Temo quel sogno, temo che ritorni. So che è sciocco, ma non posso farci niente. Dopo un po' bussano alla porta.

Quattordici

Penso subito al miope. Magari mezzo ubriaco. Salito per convincermi a scendere di sotto con lui. Non mi muovo. Ascolto per percepire i passi di lui che desiste, che se ne va. Trascorre qualche minuto, bussano ancora. Per conto mio può restare fuori dalla porta l'intera notte. Bussano una terza volta. Mi insospettisce il fatto che non mi chiami per nome.

Forse non è lui, penso. Ma ancora non mi alzo dalla sedia. Lo faccio solo dopo che bussano una quarta volta. Forse è qualcuno che ha sbagliato stanza. O forse è qualcosa d'altro. Mi avvicino alla porta senza aprirla. Chiedo chi è. Mi risponde una voce femminile.

Il suo amico dice che ha bisogno di rilassarsi un po', è la risposta.

Attendo un momento prima di ribattere.

Se ne vada, dico poi.

Ma il suo amico ha tanto insistito...

Se ne vada, ripeto.

Sento un sospiro.

Al suo amico cosa devo dire?

La verità, che non le ho aperto.

La donna emette un ghignetto.

Potrebbe pentirsene. Non sa cosa si perde.

Ci penserò. Adesso se ne vada.

Attendo di udire i suoi passi che si allontanano.

La notte è lunga quando si è da soli, dice la donna.

Poi, finalmente, un rumore di tacchi riempie il corridoio.

Resto attaccato alla porta per un po'.

Di notte l'*Astoria* si isola dentro un buio compatto, esce dal mondo, sembra che al mondo non esista altro.

Torno alla sedia, alla finestra, pensando ai minuti che scorrono lenti dentro la mia stanza cosí come fuori. Provo la tentazione di richiamare mia moglie, non lo faccio.

Non devo dormire, non dormo.

Quando spuntano i primi raggi di sole mi faccio la doccia, mi cambio d'abito, infilo tutto in valigia. Quei preparativi di partenza mi regalano un po' di buonumore. Scendo di sotto nella sala della colazione, ho una certa fame.

Pensavo di essere il primo. Il mio interlocutore è già lí. Mi saluta con un cenno della mano. Mi lascia mangiare con comodo. Poi, quando capisce che ho terminato, si avvicina al mio tavolo.

Ha valutato le mie proposte per gran parte della notte.

Mi sembrano piú che accettabili, dice.

La ringrazio, dico io.

Quindi, dice lui, se anche lei è dell'idea, possiamo firmare subito gli accordi preliminari, cosí siamo liberi entrambi di rientrare a casa.

Gli dico che per me va bene.

Circa il partire subito, scherzo, devo aspettare i miei due soci. Siamo in macchina assieme e, se l'intuito non mi inganna, dubito che si alzeranno presto.

Capisco, dice lui senza sorridere.

Ci trasferiamo nel salottino, accendo una sigaretta, firmiamo tutte le carte, ci salutiamo.

Devo aspettare due ore prima che il miope e l'altro compaiano.

Quindici

Sono quasi le undici quando li vedo entrare nel salottino.

Belle facce sbattute.

Il miope si avvicina, scuote la testa.

Non sai quello che ti sei perso, dice.

Sbrigatevi, replico, cosí poi ce ne andiamo.

Andare?, fa lui. Dove?

A casa.

Per scacciare definitivamente l'immagine della mia villetta vuota, di mia moglie sposata a un altro uomo, di mio figlio che mi chiude dentro una sacca gialla.

Dopo pranzo, dice il miope.

In caso di successo delle trattative la nostra ditta ha messo in programma un pranzo in onore dei nostri corrispondenti.

Questione di buone maniere, dice il miope.

Il mio se n'è già andato, dico.

Faremo senza, replica il miope.

E se qualcosa dovesse andarvi storto?

Perché dovrebbe?, ribatte il miope.

In ogni caso, prima di partire pranzeremo. Se non con gli altri, noi tre soli.

Ma non credo ci saranno problemi, conclude.

Cosí è.

Sono le due del pomeriggio quando sediamo a tavola.

Il miope è euforico e non bada al fatto che ho di nuovo ordinato solo un'insalata mista.

Sedici

Oltre le spalle del miope c'è una vetrata. La luce smorta del pomeriggio sta cedendo alla sera. Da circa mezz'ora è in atto una gara di barzellette tra il miope e uno dell'altra compagnia. Il miope ha trovato pane per i suoi denti. Il suo avversario sembra avere un campionario almeno pari al suo. Tutti ridono. Solo io mi accorgo che l'hanno presa sul serio: non vogliono mollare. Si daranno battaglia a suon di barzellette finché uno dei due cederà, si arrenderà al nemico. Due camerieri stanno in piedi sulla soglia della sala, aspettano impassibili. Sono le quattro. È quasi sera. Alzo la mano non appena l'altro ha finito l'ennesima barzelletta. Tronco la parola al miope che sta per replicare.

Scusate, dico. Se partiamo adesso farò in tempo a essere a casa per cena.

Faccio presente l'orario.

Uno sbotta dicendo, accidenti com'è tardi, il tempo è volato.

Il miope mi guarda. Ha lo sguardo languido, l'occhio lucido di chi ha bevuto troppo.

Propone un ultimo brindisi, schiocca le dita, chiama il cameriere, ordina.

Seguono strette di mano, pacche sulle spalle, auguri, complimenti, ringraziamenti.

Alla prossima, dice il miope al suo avversario.

Poi si avvia, un po' dondolante, verso l'ascensore.

L'altro mio collega lo guarda, quindi guarda me, mi sorride debolmente.

Guiderò io, dice.

Vi aspetto nella hall, rispondo.

Il mio bagaglio è già lí.

Rimango solo. Mi avvicino al banco della reception. L'impiegato sta leggendo un giornale. Do un colpetto di tosse per attirare la sua attenzione. Lui stacca lo sguardo dal giornale, mi fissa. Gli chiedo se può togliermi una curiosità.

Prego, risponde.

Le sembrerà sciocco, dico. Ma mi stupisce il fatto che intorno all'*Astoria* non ci sia nemmeno un albero.

L'impiegato sorride.

C'erano, dice, prima che l'albergo sorgesse. Da qualche parte ci sono anche delle foto di quest'area quando era un piccolo bosco in mezzo al niente. È stata la direzione a farli sradicare. Gli alberi sporcano, soprattutto d'autunno quando cadono le foglie.

Le foglie parlanti, dico.

Come?, fa l'impiegato.

Niente, rispondo.

Mi accomodo lí, sto aspettando i miei due soci.

Faccia pure, dice l'impiegato ritornando al giornale.

Diciassette

Entrato nella sua camera il miope dev'essersi addormentato.

L'altro è sceso quasi subito, si è seduto anche lui nella hall, in attesa.

Aspettiamo silenziosi un quarto d'ora, forse venti minuti, lui con lo sguardo perso nel vuoto, io spiando l'impiegato che legge scrupolosamente il suo giornale, una pagina dopo l'altra.

Che l'*Astoria* avesse una pendola che dà un segnale orario musicale non me n'ero mai accorto.

La noto solo quando, nel silenzio assoluto, batte le cinque.

L'altro si riscuote, dice che va in garage a prendere la macchina.

Vi aspetto qui fuori, dice, intanto tu...

Non c'è bisogno che aggiunga altro. Mentre lui scende in garage io mi riavvicino alla reception. L'impiegato è alle pagine dell'economia. Gli domando cortesemente di chiamare la camera del miope e pregarlo di sbrigarsi.

Depone sul banco il giornale con una lentezza esasperante, come se non volesse rovinarlo, come se fosse una cosa preziosa. Chiama l'interno.

Non risponde, dice riponendo la cornetta.

Allora bisogna salire a vedere cosa succede, dico io.

Come?, fa l'impiegato.

È malato, diabetico, mento, potrebbe stare male.

La notizia sembra preoccuparlo.

Apre un cassetto, ne estrae un passe-partout.

Venga con me, dice.

Si avvia verso l'ascensore. Non oso dirgli che ne ho paura. Saliamo.

Nonostante la porta chiusa si sente il suo ronfare tranquillo.

L'impiegato sorride e apre la porta.

Il miope è steso sul letto, senza scarpe, le gambe larghe. La valigia è sul pavimento, aperta, vuota.

Diciotto

Senza quei suoi occhiali spessi il miope sembra un'altra persona.

L'impiegato della reception è rimasto sulla porta.

Il miope si sveglia dopo due o tre scossoni. Mi rivolge uno sguardo rosso di sonno e di vino. Poi si guarda intorno come se non ricordasse dov'è.

Che ore sono?, chiede.

È ora di andare, rispondo.

Si passa una mano tra i capelli, sempre restando sdraiato.

Scusa, dice.

Sbrigati.

Mi sono addormentato.

Ti aspettiamo di sotto.

Posso ancora essere a casa per l'ora di cena.

Scendiamo in silenzio, l'impiegato davanti, io dietro.

Arrivato nella hall guardo verso il piazzale, la macchina non c'è ancora. L'impiegato torna al suo prezioso giornale. Il miope compare poco dopo. Sbadiglia. Ha in mano la sua valigetta, rigonfia perché evidentemente ci ha buttato dentro alla rinfusa le sue cose.

Subito dopo anche l'altro ci raggiunge.

C'è un problema, dice.

Diciannove

La macchina. Non parte. Ha provato piú volte ma non dà segni di vita. Per quel che ne capisce, il motore gli sembra a posto. Ma le sue competenze in materia sono quasi nulle. Perciò ha chiamato il meccanico dell'*Astoria*: è il computer di bordo, è andato in tilt, bisogna resettarlo. Lavoro complicato che richiede del tempo.

Può farlo lui?

Sí, ma è tardi, ce la sistema domani.

Cosa facciamo adesso?, chiede l'altro.

Nessuno parla. Sento il rumore provocato dall'impiegato che gira una pagina del giornale, forse l'ultima, quella dei programmi televisivi.

Non guardo né il miope né l'altro. Ho l'occhio fisso sull'ingresso dell'*Astoria*. Sembra di essere su un isolotto che galleggia nel buio. Mi giro e corro alla reception. Ho indovinato, programmi televisivi.

Posso avere un taxi?

L'impiegato mi guarda e sorride. Sorride come se avessi detto una bestialità.

Non ci sono taxi, signore, mi spiega.

Cioè...

Per avere un taxi bisogna farlo venire dalla città. Tre ore per l'andata e altre tre per il ritorno.

Poi si rimette a leggere, il suo indice scorre i titoli dei film che gli terranno compagnia durante il turno. L'albergo non chiude mai, gli ospiti possono giungere a tutte le ore, le nostre camere sono già pronte per altri uomini d'affari.

Nella hall il miope si è seduto, non mostra segni di preoccupazione, un'altra notte fuori casa sembra non dispiacergli.

Ci toccherà dormire qui?, chiede l'altro indicando la hall.

Portami dal meccanico, rispondo.

A qualunque prezzo, penso, a qualunque costo devo convincerlo a occuparsi della nostra macchina per rimetterla in sesto, per consentirci di lasciare quel posto.

Il meccanico è ancora in tuta. Sta sistemando ordinatamente i ferri del mestiere. Ascolta la mia richiesta.

Per oggi avrei finito, dice, pensavo di chiudere un po' prima.

Con un gesto rapido si abbassa la lampo della tuta. Serro le palpebre. È il rumore della sacca gialla che si chiude su di me anche se non sono morto.

Cosa vi costa passare un'altra notte qui, chiede il meccanico. Domani entro l'ora di pranzo, dice, la vostra macchina sarà pronta a partire, mi ci metterò subito, non appena riaprirò.

L'altro solleva le spalle, vinto.

A qualunque prezzo, dico io, non bado a spese.

Il meccanico sta per ribattere qualcosa, forse che non si tratta di soldi. Non gli lascio il tempo.

È una questione di vita o di morte, butto lí. Mia moglie.

Invento una bugia.

Mia moglie, spiego, è malata. Domani mattina presto devo accompagnarla in ospedale per le cure. Non ci può andare da sola. Non abbiamo nessun parente che possa sostituirmi.

Il meccanico mi guarda senza parlare. Ho dovuto mentire. Non potevo spiegargli che la macchina mi serve per fuggire quanto prima dal silenzio che regna nell'albergo, un silenzio che nel frattempo potrebbe essersi insinuato nella mia casa, ricoprendo ogni cosa con la sua polvere fine, cancellando voci, suoni, rumori.

La cerniera della tuta risale.

Ci vorrà un po', dice il meccanico.

Risaliamo nella hall.

L'altro mi chiede se la storia di mia moglie è vera.

Non gli rispondo.

Il miope dorme, nell'attesa si è servito qualcos'altro da bere, nelle mani stringe un bicchiere.

Venti

Telefono a mia moglie per avvisarla dell'inconveniente. Tace.

Non stare in silenzio, la prego.

Dice che aveva preparato una cenetta coi fiocchi.

Non sai quanto mi dispiaccia, rispondo.

Non fa niente, dice lei, me l'ero immaginato che qualcosa sarebbe andato storto.

Prevedi il futuro?, dico, scherzando senza allegria.

A volte, scherza anche lei senza allegria.

Allora dimmi come sarà domani.

Ti porterò il caffè mentre sarai ancora a letto.

Ci conto.

Dalla sala dove sta guardando un cartone mio figlio mi grida un saluto.

Immagino mia moglie con la cornetta del telefono sollevata in aria.

Mio figlio incantato davanti a dei cartoni dozzinali.

Colori inventati.

Quell'odore di sera inutile prima di cena.

Ventuno

Lasciamo l'*Astoria* poco dopo le undici. È lo stesso meccanico a portare la macchina sul piazzale dell'albergo. Rompe il silenzio della hall facendo tintinnare le chiavi. Il miope apre gli occhi, l'altro si alza in piedi. Do al meccanico tutti i soldi che ho nel portafoglio. Li intasca senza contarli, saluta e se ne va. Lo vedo sparire nel buio oltre la porta a vetri dell'ingresso. Mi domando dove possa andare, dove abbia casa.

Allora guido io?, chiede l'altro.

Il sogno fatto la notte prima della partenza mi torna in mente chiaro in tutti i suoi particolari. Mi assale il terrore che possa ripetersi nella realtà. Mi viene il sospetto assurdo che il miope e l'altro possano essere nemici, complici di chissà chi.

No, rispondo, preferisco guidare io.

Come credi, dice l'altro, tranquillamente.

Sosteniamo il miope che dondola ancora un po', lo sistemiamo dietro. Rovescia subito la testa all'indietro.

Saremo a casa prima delle tre. È la prima cosa che dice l'altro quando imbocco l'autostrada.

Accelero. Anch'io ho fatto i conti sull'orario. Differiscono un poco da quelli dell'altro. Non di molto. Lui non ha tenuto in considerazione un fatto che io invece mi aspetto succeda, la richiesta di una breve sosta per bere un caffè.

L'autogrill ci viene incontro come una macchia d'oro nel buio.

L'altro mi chiede se non mi andrebbe di bere un caffè. Il miope, da dietro, grugnisce che lo berrebbe volentieri. Rispondo che io sto bene cosí. Ma se loro vogliono, mi fermerò. Guido io, il destino è nelle mie mani. Esco dall'autostrada, parcheggio regolarmente, non scendo, li aspetto in macchina. Al miope la camicia penzola fuori dai pantaloni. È ancora stordito. Anziché spingere tira verso di sé la porta dell'autogrill. L'altro si gira verso di me, allarga le braccia. Il parcheggio riservato ai disabili è vuoto. Mentre aspetto i miei due soci nessuna altra macchina entra nella piazzola. Mi accendo una sigaretta, guardo il fumo e penso che è come quel sogno che è definitivamente svanito.

No, mi rispondo, non ancora. Manca un particolare. Potrei controllare adesso. I due escono dall'autogrill. Il miope torna a sedersi dietro, dice che non ha mai bevuto un caffè piú schifoso di quello.

Ingrano la retro, poi la prima e mi rimetto in strada.

A casa, penso.

A casa eliminerò definitivamente quel sogno.

Ventidue

La finestra della cucina è illuminata. Non mi viene nemmeno il dubbio che mia moglie mi abbia atteso alzata. Piuttosto è un segno di bentornato, di casa viva che mi sta aspettando.

Ripartita la macchina con al volante l'altro, resto qualche istante immobile sentendomi preda di una felicità infantile, pura, semplice. Decido di non entrare dall'ingresso principale per evitare troppi rumori, mi avvio verso il retro, verso la porta che immette direttamente nella cucina. Sul sentiero ci sono delle foglie, le saluto sottovoce, scusandomi per il disturbo. Poggio la fronte contro lo stipite e quando infilo la mano in tasca per prendere le chiavi mi accorgo che non ho con me la valigetta.

L'ho lasciata in macchina. O forse, addirittura, nella hall dell'*Astoria*. In entrambi i casi non sarà un problema recuperarla.

Tre lenti giri di chiave.

La cucina è in ordine. Al centro del tavolo ci sono una foglia e un biglietto di mio figlio: dice che la foglia gli ha lasciato detto di salutarmi.

Adesso non posso piú rimandare. Estraggo dal portafoglio l'ultimo frammento del sogno.

Non so dire se provo piú stupore, sorpresa o paura quando mi rendo conto che il documento è davvero scaduto.

Ma sono a casa.

L'indomani, per prima cosa, andrò in città a rinnovarlo.

Mi tolgo le scarpe, giro per le stanze senza. Guardo mio figlio che dorme.

Mi stendo accanto a mia moglie, ascolto il respiro regolare del suo sonno.

Penso al profumo del caffè che mi sveglierà domattina.

E mi addormento.

Ventitre

La mattina è limpida. Non riesco a descrivere il profumo dell'aria. Per andare in città mi affido ai mezzi pubblici, tram e metropolitana. Prima di salire sulla metro chiedo a quale stazione devo scendere. La mappa della città mi è praticamente ignota, l'ho dimenticata da quando il quartiere dove abito è diventato un centro a sé stante, dotato di tutto tranne che degli uffici amministrativi.

Il cielo è grigio come la facciata del palazzo in cui entro. Come il viso del portiere che mi informa che devo salire al terzo piano. Mi indica l'ascensore, non lo prendo, salgo per le scale.

Lo sportello verso il quale mi dirigo si occupa di qualsiasi cosa: atti di nascita, di morte, di matrimonio, certificati di residenza, certificati elettorali. Anche, naturalmente, del rinnovo di documenti d'identità.

È quello che chiedo rispondendo alla domanda dell'impiegata che mi riceve. È giovane e truccata. È seduta dietro un vetro smerigliato che dal bancone sale fino al soffitto e impedisce di vedere ciò che sta alle sue spalle. Mi parla attraverso un oblò. Le domando quando potrò passare a ritirarlo. Sorride, si guarda le unghie laccate di rosso. Poi dice che, se ho la pazienza di aspettare un quarto d'ora, venti minuti al massimo, sarà pronto. Si tratta solo di effettuare una verifica dei dati anagrafici e di mettere un timbro. Intanto posso sedermi nella sala d'attesa, la prima porta a destra nel corridoio. C'è anche una macchinetta per il caffè. Dietro di me si è formata una piccola fila. Prego, dice l'impiegata invitandomi a lasciare il posto.

Mi accomodo nella sala d'attesa, sono l'unico, scelgo un posto di fronte alla porta d'ingresso. Sopra la porta c'è un orologio, conto i minuti che passano. Sono lenti. Per distrarmi penso al miope, all'inevitabile mal di testa con cui si sarà svegliato. Nel pomeriggio il consiglio di amministrazione ci aspetta per relazionare sugli affari conclusi. Meglio di cosí non sarebbe potuta andare. Festeggerò con la mia famiglia quella sera. Sono quasi certo della promozione, di una poltrona in quel consiglio. La mia vita sta per cambiare, penso, poi sento un rumore di passi. Anzi, di tacchi. L'impiegata. Il trucco, le unghie laccate. Non potevano mancare le scarpe coi tacchi; mia moglie dice che per camminarci bisogna essere un po' equilibristi.

Apre la porta, io mi alzo, lei fa un passo, si scosta, non parla.

È pronto?, chiedo.

La risposta si materializza nel riquadro della porta.

Ben ritrovato, dice il baffetto.

Fa due passi verso di me. Scuote la testa.

Io scruto l'impiegata. Non c'è un'ombra di emozione sul suo viso. Sembra di plastica. Il suo sguardo va oltre le mie spalle, è fisso al muro di fronte.

Ma cosa le è saltato in mente, perché l'ha fatto?, chiede il baffetto.

Tende la mano all'impiegata senza voltarsi verso di lei. A sua volta quella, senza staccare gli occhi dal muro, gli passa il mio documento d'identità.

Le parole mi escono di bocca legnose, lente, come se sillabassi.

Io non ho fatto niente.

Lei crede?, ribatte il baffetto.

Secondo me fuggire cosí, ingannare la sorveglianza, è niente?

Non mi sfiora l'idea che sia un reato bello e buono?

Mi informa che già solo per quello dovrò essere processato.

Ma... tento di obiettare.

Lasci perdere, mi interrompe. Immagino dove voglia andare a parare.

Voglio tornare sulla storia del sogno? Voglio passare per matto? O forse voglio far passare per matto il funzionario che mi ha interrogato?

Meglio per me, dice, se prendo atto della realtà, della situazione in cui mi trovo. Che adesso è peggiorata.

Fuggendo dopo essere stato fermato per un semplice controllo.

Un semplice controllo, fa eco la sua voce.

Che lo tenga presente!

Ho praticamente ammesso di avere qualcosa da nascondere.

Qualcosa che noi dobbiamo sapere, dice il baffetto, per poter applicare equamente la giustizia.

L'impiegata non è piú giovane come prima, ha perso il suo trucco, forse non ha nemmeno le scarpe con i tacchi. Assomiglia sempre di piú a mia moglie. Certe cose, penso, possono capitare solo in sogno.

Adesso mi spiace, dice il baffetto interrompendo il mio pensiero, ma devo trarla in arresto.

La cosa piú semplice sarebbe una confessione immediata, sveltirebbe la procedura.

Vuole ancora negare?, chiede.

D'accordo, riprende dopo qualche minuto di silenzio. Dice che non ha mai avuto simpatia per quel genere di oggetto, che è stato costretto a usare solo in casi estremi, quando si è trovato ad avere a che fare con individui indocili come me, o recidivi. Individui che hanno tentato di fuggire non solo da lí, ma anche dalle proprie responsabilità.

Dalla tasca della giacca estrae un paio di manette. Scattano al mio polso destro e al suo sinistro.

Dove andiamo?, chiedo.

Andiamo, risponde.

Sulla soglia della sala d'attesa si ferma e si rivolge all'impiegata. La guardo anch'io perché...

La ringrazio per la segnalazione, dice il baffetto.

Sempre a disposizione, risponde lei, ma con quella voce che conosco tanto bene, la voce di mia moglie, la sua.

Ho sognato ancora. Il baffetto non esiste, non esistono le manette, non esiste la mia fuga, non esistono i miei reati.

La prova che sia tutto solo un sogno sta entrando adesso nelle mie narici.

È il profumo del caffè servito a letto con il quale mia moglie, la sera prima, ha promesso di accogliermi al risveglio. Tengo gli occhi chiusi, inalo quell'aroma che si diffonde lentamente, voglio immaginare la scena prima di vederla.

Mia moglie a capo del letto con la tazzina fumante in mano.

Sento, mischiati l'uno all'altro, profumo di sapone e dentifricio.

Sul suo volto quel sorriso materno che si riserva ai bambini.

Sorrido anch'io per farle intendere che, nonostante gli occhi chiusi, sono sveglio.

Le dirò che quel caffè servito a letto, come da promessa, è il regalo piú bello che abbia mai ricevuto.

Apro gli occhi, infine.

La prima cosa che vedo è la finestrella del modulo che inquadra un rettangolo di cielo.

È di un lucido azzurro.

È un colore silenzioso, il gesto di un bambino cieco.

Giro appena la testa.

A terra il vassoio della colazione. Pane, marmellata, burro, una tazza di caffè che fuma ancora.

Questo libro è stampato su carta contenente fibre certificate FSC®
e con fibre provenienti da altre fonti controllate.

FSC www.fsc.org
MISTO
Carta da fonti gestite in maniera responsabile
FSC® C115118

Stampato per conto della Casa editrice Einaudi
presso ELCOGRAF S.p.A. - Stabilimento di Cles (Tn)
nel mese di maggio 2019

C.L. 24146

Edizione								Anno			
1	2	3	4	5	6	7		2019	2020	2021	2022